记工员
开坼人
收魂人
篾匠
皮影师
歌者
放映员
拳师
郎中
屠户
队长
仙娘婆
礼生
棕匠
保管员
纸木匠
媒婆
榨头
裁缝
赤脚医生
阉猪匠

中国乡存丛书

庄稼人

黄孝纪 著

广西人民出版社

自序:
田野上走远的庄稼人

◎ 黄孝纪

自从父母去世之后，我回故乡的次数就少了很多。每次回故乡，已看不到往日田园丰收忙碌的景象了，村庄空落，土地荒芜，那些曾经一辈子躬耕于田野的庄稼人或已故去，或身体衰弱，越来越少了。

　　可是，在三四十年前，确切地说，在我的童年到青年时代，故乡的大地，山明水秀，那真是一派生机勃勃。人们勤勉劳作于土地之上，人畜两旺，鸡犬相闻，百业繁盛，炊烟袅袅。

　　那时的故乡八公分村，位于湘南山区偏僻一隅。在囿于方圆两三公里的范围内，乡村社会自成系统，以耕作为生的庄稼人，除了与生俱来的农民身份之外，还常常有着各种社会职业身份。这些带着明显时代特征的社会职业身份，既有民间的，也有官方性质的，一同维系了整个乡村社会的正常运转，在那时构成了一幅奇异的湘南乡村民俗风情长卷。

　　旧日的故乡，限于当时的社会生活条件，还保存着许多传统的老职业。这些老职业与普通大众的生活息息相关，服务众生，其名称也有着明显的地域性。

　　在我儿时，接生娘是很受乡民尊敬的。每个乡村孩子的出生，都离不开接生娘。接生娘一般都是年老的妇女，她们本身多次生育，有着丰富的生育经验。就我而言，给我母亲接生的，就是我家的邻居小脚老奶奶。听我母亲说，她生我的姐姐和哥哥们时，都是这位慈祥的老奶奶接生的。只是村中这些年迈的接生娘一般都不识字，没有什么文化，更不懂现代医学知识，接生的手段简单而粗糙，常因脐带消毒不严而导致新生儿感染。于今看来，在那样的年代，一个乡村孩子能够存活下来，实在是一件偶然又幸运的事情！

缺医少药的年代，乡民日常有个伤寒暑湿之类的小病痛，一般都是自己找个土方子，扯一些枝枝叶叶熬点汤药喝。遇着大的难治的病症，自然要找郎中。每个村庄，基本都有草药郎中，不同之处在于郎中的技艺高低和名气大小。也有的郎中，擅长于某一个方面，比如治疗跌打损伤的郎中，在乡村就很受待见。我在童年和少年时，因为顽皮，曾经先后两次分别折断了手臂和小腿，都是请了邻村的郎中给医治好的。

养猪是那时乡村最重要的一项养殖业，差不多家家户户都养猪。甚于此，猪郎倌和屠户的职业就必不可少。猪郎倌又俗称赶猪公的，就是专门应邀上门给母猪配种。操持这种古老职业的人，身份卑微，所事又敏感，时常要受到乡民的取乐和调笑。同一个地方，猪郎倌往往方圆几里才一个，而杀猪的屠户则多多了，像我们村庄，就有好几个。尤其是到了年底，临近春节的那段日子，许多人家都杀猪，是屠户最忙碌的时候。

自序：田野上走远的庄稼人

乡村生活的方方面面，牵涉的老职业还有许多：那时男婚女嫁，还盛行请媒婆，在媒婆的牵线之下，促成一对对有情人；人们日常所添置的新衣物，是在供销社扯了布，靠裁缝师傅量体裁衣，缝制而成；办红白两喜的乡村酒宴，离不开乡间厨子；到了深冬打油茶的季节，榨油坊整日烟火缭绕，茶油飘香，掌管榨油坊的榨头，又成了炙手可热的人……

　　随着改革开放，一些老职业先后淡出了乡村生活，成为历史，而一些新兴的职业，诸如开代销店的小店主、承包小工程的包工头等等，又在乡村陆续出现了，如同新陈代谢。

　　"工欲善其事，必先利其器。"在名目繁多的乡村职业中，工匠是一个特别的群体。乡村民居的建造，生产生活中所使用的农具和家什，乃至丧葬用品，大多出自乡村工匠之手。

　　这些工匠中，木匠无疑是活路最多的匠人之一。那时的乡村，日常所使用的诸多家什，都是木制品。小时候，每当有人家在厅屋里做木工活，我们常去围观。看着一根根大木头，在木匠的锯、斧、刨、凿之下，变戏法似的出脱成一件件器具，觉得真是有趣又神奇。也有的人，从小耳濡目染，爱上了做木工，日后拜师学艺，成了年轻的木匠。在我们附近的一个小村，甚至还有一位盲人木匠，手艺之巧，令人称奇。

005

二十世纪八十年代，农村分田到户，人们生产积极性高涨，乡村经济渐趋活跃，兴起了建新瓦房的高潮。我少年时代居住的新瓦房，就是这时建造的，砌匠都是我们本村的人，有的还是我家的邻居。新房建好后，自然要砌新灶台。不过，按照故乡的风俗，只有那些德艺双馨、儿女双全的砌匠，才会被人邀请去砌筑新灶，是村里人公认的灶匠。

除此之外，乡村工匠还有多种，棕匠、篾匠、箬匠、陶匠，乃至豆油匠、阉猪匠等，不一而足，他们凭着各自特殊的技能，行走于故乡大地，为家家户户的生产与生活服务，也为自己在耕作之余，谋了一份额外的生计。

如果说，上面这些工匠，所从事的职业主要是服务于人之生，那么，还有一种工匠，是服务于人之死，那就是纸木匠。在故乡，纸木匠也称作扎花的，他们以自己独到的美学眼光和灵巧双手，为亡人扎纸花、扎灵屋、扎各种丧葬用品，让生前劳累了一生的亡人，在永离人间的时刻，享受一段短暂的花团锦簇的热闹荣光。

乡村是一个稳定的熟人社会，秩序对于乡村尤为重要。每一个特定的历史时期，在乡里，总会出现一些官方或半官方的职业，这是国家意志在乡村的呈现。

我的少年时代前期，正值农村大集体生产时代。我的故乡八公分村，是羊乌生产大队下辖的一个自然村。因为我们村庄较大，一共分为了四个生产队，每个生产队三四十户人家，一同集体劳作。

在生产队，队长无疑是最核心的人物，一年四季的耕种与收获，田土山的管理，每天劳动的安排……但凡与生产相关的大小事务，他都要了然于胸，做出正确的判断，下达指令并带头执行。被选为队长的人，通常都是经验丰富的农民，办事公道，勤劳肯干。家家户户在生产队劳动，挣的是工分，工分的多少，直接与每户人家所能分得的粮食相关，关乎每个家庭每个人的温饱。因此，对于每一分每一厘工分，人们是分毫必争。作为生产队的记工员，他自己在劳动之余，每天都必须将每户人家每个劳动力当天所做的事情、应得的工分准确记录在劳动簿上，来不得半点马虎和徇私舞弊，否则，就会挨骂，失去威信。在那个生产力不足的时代，一个生产队一年所收获的谷物，其实也十分有限，粮食的重要性不言而喻，负有保管责任的保管员，身上所系的职责自然也是重大的，防偷盗，防损坏，须日夜牵挂于心。我父亲不识字，但忠于职守，多年来都担任着保管员的职务。

大集体时代，每个生产大队都有学校，学校的老师，大多数是本地的民办老师，他们本身是农民，或者读了初中，或者读了高中，具有较高的文化水平，被大队选为民办老师。他们的主要收入,依然是计算工分,到所在生产队分粮食,外加上级部门每月发放的几块钱补贴。在故乡,我小学时代的老师,基本上都是本乡本土的民办老师。有的老师,中途因为待遇低,退出了教书育人的行列。有的则选择了坚持,后来赶上好政策,转为了公办老师。

当然,赤脚医生、广播员、管电员、供销社营业员、邮递员……也曾是大集体时代乡村大地上的"标配"。在我临近上小学的时候,故乡一带的乡村已经用上了电,从此,看电影成了我童年时代不可磨灭的美好记忆。当放映员带着放映设备来到村庄,人们兴高采烈,远近相告,宛如迎来了一场盛大的节庆。

在旧日的乡村,巫术和神灵总是一个绕不开的话题,在那时也是一种精神的寄托。每一个乡人,从出生到死亡,都会与这些话题,与操持这相关神秘职业的人,有着或多或少的交集。在今天看来,这多少有些迷信色彩,但作为特定时期的历史和文化现象,它记录着多人独特的情感和记忆,仍然弥足珍贵。

在我小时候,收魂在故乡就十分寻常。那时的乡人普遍相信,若是家中有孩子生病了,或吓着了,魂不守舍,就可能是丢了魂了,得赶紧收回来。因此,每当夜幕临近,就常有中年的母亲或年迈的奶奶,在村前呼喊着自家孩子的名字,为其喊魂,其声悲切。我的母亲就曾多次牵着我的手,在村口的水边喊魂,母亲的神情之悲伤，我至今历历在目。

成年人的娱神也很普遍，那些唱山歌的歌者，打拳舞狮的拳师，以及唱渔鼓词的渔鼓师，演皮影戏的师傅，他们的仪式、唱词、戏文故事让人不禁想象另一个世界，给那个世界蒙上了一层神秘的色彩。

人之一生，免不了生老病死。当一个乡村老者寿终正寝，为亡者服务的守祠人、开圹人、地仙、礼生，更是成了与神灵直接打交道的人。而村庄的宗祠里，孝家的神台上，又多了一位庇佑子孙后代的祖先和家神。岁深月久，对已逝亲人的思念，却总是长存心间。遇着清明、七月半前后这些特别的日子，那时的人以为，能够沟通阴阳两端的，便是仙娘婆。就常有乡人，怀着隐忧，怀着思念，借助仙娘婆的情态、动作和语言，来一场与亡亲泪眼婆娑、抚慰人心的对话。

数十年沧海桑田，随着工业化和城镇化的快速推进，随着教育和医疗水平的极大提高，如今的乡村早就发生了翻天覆地的变化，人们的生产生活方式和精神风貌也截然不同，原先许多附着在乡民身上的传统职业、技艺和信仰，正淡出乡村的视野。新一代的农民，大多流入城镇，已疏于农耕。我们的父辈，那些为时代所限，没有多少文化，却一辈子在土地上辛苦劳作的人，也成了传统农耕乡村最后一代一辈子耕种于乡土的农民,他们是田野上真正的庄稼人!

  如今,这一辈庄稼人许多已故去,留存于世的,也到了风烛残年,他们的身影正逐渐远离乡村,远离田野。写下这本书,是为一个可敬可念的时代作记,为这一辈正从田野上走远的庄稼人,献上我的一份诚挚敬意!

二〇二三年十二月十五日写于便江之滨

目录

第一辑 事众生

- 002 接生娘
- 007 郎中
- 013 媒婆
- 019 裁缝
- 027 榨头
- 033 屠户
- 040 猪郎倌
- 045 厨子
- 052 小店主

第二辑 制百器

- 060 木匠
- 067 棕匠
- 072 砌匠
- 080 磨匠
- 085 篾匠
- 093 豆油匠
- 098 陶匠
- 106 阉猪匠
- 111 纸木匠

第三辑 促生产

- 118 队　长
- 123 记工员
- 128 保管员
- 132 赤脚医生
- 140 民办老师
- 146 广播员
- 151 邮递员
- 157 营业员
- 163 管电员
- 168 放映员

第四辑　参天地

178　歌　者
184　拳　师
192　收魂人
198　渔鼓师
205　守祠人
211　皮影师
219　礼　生
224　地　仙
230　开圹人
235　仙娘婆

- 接生娘 文章奶奶
- 郎中 黑朵
- 媒婆 李老汉
- 裁缝 昌维和圣德
- 榨头 成朵
- 屠户 常节
- 猪郎
- 倌 外奶崽
- 厨子 摩金
- 小店主 国
- 美和隆业

第一辑

事众生

接生娘

一个婴儿的诞生殊为不易。

当我明白脐风疾的肆虐,曾经对乡村新生儿所造成的危害,我不禁感慨生命的脆弱!我也常暗自庆幸,自己能够存活下来,并长大成人。这要感谢接我出生的文章奶奶,在剪断我的脐带之前,能用沸水煮过那把剪刀。

在我的故乡湘南山区八公分村,接生婆俗称接生娘,无疑一律是上了年岁的妇人。村中每有妇女生孩子,最要紧的,自然是请接生娘。

003

接生娘并不一定是一项谋生的职业,却令人尊敬,她们给人接生,多是出于一种善意,并不一定要求得报偿。那些顺利生下孩子,孩子又健康成长的人家,作为感激,日后当然会请接生娘吃一餐饭,或在过年时送一块猪肉做谢礼。若是孩子夭折了,就谈不上吃饭送礼了。

旧时的故乡,产妇都是在自己家里生孩子,因此,接生娘便不可或缺。在我童年时代,村中曾先后有好几位接生娘,年迈的文章奶奶、普英奶奶,比她们小一辈的,则是全英和己玉,她们有一个共同特点,都多次生育,富有经验。二十世纪八十年代到九十年代,在故乡周边一带村庄做接生的,则是我的大姐荷花,她是真正掌握一定现代医学知识的乡村医生,也是故乡最后的接生娘。

故乡地处偏僻山村,远离城镇,曾经的漫长的岁月里,乡人生活贫困,缺医少药,孕妇生产,自然也是听天由命。那时的妇女,虽说生得多,但夭折的孩子也多。在故乡人看来,这些孩子大都死于一种俗称脐风疾也就是今天所说的破伤风的病。听母亲说,我曾有两个分别名叫荷香、绣花的姐姐,就是先后死于脐风疾。在我童年时代,村北那一片枞树山,是历年埋葬早夭孩子的场所,许多生命之花,凋谢在这片林子里。要是村中产妇遇上难产,就更凶险了,弄不好大人孩子双双殒命。难怪小时候经常听我母亲念叨:"女人生孩子是闯鬼门关。闯过了,吃鸡婆汤;闯不过,见阎王。"

过去乡村新生儿成活率低,根本原因在于当时乡村的医疗条件差,接生娘缺乏必要的医学常识。这也难怪,她们本就不识字,做接生全

004

凭经验。婴儿出生后，接生娘处理脐带，或是临时找一把家用的剪刀剪断，或是直接用双手食指各绕一圈从中硬生生扯断，或是用尖锐的长指甲掐断，甚至有用牙齿咬断的，而后用苎麻丝在伤口处一扎，覆盖一张黄纸钱，再简单擦洗一下孩子，将他包在旧布襁褓中，就算完事了。这类处理脐带的方式，简单粗暴，既无消毒的观念，也没有药物可用，很容易造成脐带伤口感染。

在医学尚不昌明的年代，乡人普遍认命。我那偏僻封闭的村庄，便是如此。我的母亲一生多次生育，先前的好几个孩子，有的出生后几天内染上脐风疾死了，有的两三岁时因病夭折了，这是她一辈子无法释怀的伤痛，无可奈何，也无法排解。每当想起，母亲只能流泪，只能痛哭，只能认定这是命中注定的事情。

庆幸的是，在我出生的二十世纪六十年代末，故乡所在的大队已有合作医疗点，或许是受赤脚医生煮针消毒的时风影响，为我接生的文章奶奶此时已懂得用沸水煮剪刀消毒，而不像往日给我那早夭的姐姐绣花接生那样，用长长的手指甲硬生生掐断脐带。

那时，我家所住的老厅屋里，一共住了五户人家，文章奶奶就住我家的对门。我出生的那天夜里，大我十七岁的大姐见证了我出生的过程。那会儿，母亲已经临产，父亲请来文章奶奶接生。文章奶奶吩咐烧一砂罐水，将我母亲平日缝补衣服的剪刀找来，投入水中煮沸一番，凉后待用。母亲是坐在卧房的宽板楼梯上顺利生下我的，文章奶奶接下我，拿过那把剪刀，将我的脐带剪断。从此，我便脱离了母亲

005

的胞衣，成了这人世间的一员。据说我在襁褓里时食量大，尤其喜爱吃母亲咀嚼过的饭，像张着大嘴巴嗷嗷待哺的黄口乳燕一般，一副总也吃不饱的饿样子。有一回，文章奶奶满是怜爱地逗弄我，说我怕是吃得下一鼎罐饭哩！奶奶金口一开，我也就有了一个叫"鼎罐"的小名。在我童年和少年时代，村里的男女老少，无不这样叫我。

我对文章奶奶的记忆不多，因为我很小的时候，她就去世了。我只模糊记得，她是一个身形瘦小的小脚老人，满脸皱纹，平日黑衣黑裤黑头帕，走路颤巍巍的样子，声音细小，慈祥和蔼。她的屋门上面，筑有燕窝，年年燕去燕来。每当乳燕出生的时候，燕子呢喃，厅屋里十分热闹，她就常告诫我们，千万不能用竹竿捅那燕窝和燕子，会有罪过的。

另有一件事情，我也印象深刻。一年中，每当母亲做了时鲜的食品，譬如盛夏做了烫皮，母亲在神台前毕恭毕敬敬过祖先神灵之后，总会用饭碗装一块刚出锅的热烫皮，嘱咐我好生端着，给文章奶奶送去。母亲历年所生的孩子，都是文章奶奶接生的，这份恩情，母亲一直铭记。

村中年年都有孩子出生，文章奶奶过世后，接生娘自然另有其人。其时，远在十里山路之外的公社卫生院，偶尔也会召集各村的接生娘做简单的培训。经过培训的接生娘，这时有了一个新名称，叫接生员。接生员从卫生院领来纱布、碘酒等几样简单的接生用品，堪称现代医学照在乡村新生儿身上的一缕曙光。应该说，自从有了接生员制度，

006

乡村新生儿成活率大大提高了。不过，若是碰上孕妇难产，这些乡村接生员，通常也是无能为力。在我童年时代，我所居住的那栋老厅屋里，就发生了一桩初产妇和孩子双亡的悲剧。

我的大姐荷花是在二十世纪八十年代做接生员的，其时已分田到户，三十多岁的她在务农之余，在家从事乡村医生的工作。大姐十几岁时就被推荐到郴州地区卫校学习，并在永兴县人民医院实习，回村后，做了大队合作医疗点的保健员，也就是以务农为主业的赤脚医生。之后，她出嫁并生儿育女，家在与我们村庄仅一江之隔的对岸小村油市塘。有好些年，因四个子女尚年幼需要照料，而我大姐夫又在远地当工人，她一度中止了行医。

分田到户后，大姐领了行医执照，在家办了小诊所，周边村民有个小病痛，往往都来找她打针问药。许多时候，日里夜里，她还要挎着那个红十字的医疗箱，走几里山路去给村民看病，或者给产妇接生。也就是从这时起，她成了周边山村广受尊敬和信赖的接生员。

大姐在故乡一带接生的十几年间，一个个崭新的小生命由她迎接到人间，没有一个夭折的，给无数的家庭带来了欢乐和幸福。

二十世纪九十年代以后，随着城乡经济的发展，交通便捷，加上计划生育政策的严格实施，人口出生率下降，乡人对生育更为重视，家中若有产妇行将分娩，一般都是及时送往乡镇医院。从此，"接生娘""接生员"这些词也在故乡渐成历史。之后，我的大姐来到了永兴县城，先是应邀在私人医院和药房坐诊，后来做了一名专职的牙科医生。

郎中

在我童年的记忆里,每当母亲经历伤怀的日子,常会嘤嘤哭泣。有时,她坐在厅屋一角的大砖灶前的矮凳上,一边烧火煮潲,一边伤心痛哭,哭诉她的命苦,哭诉那几个早夭的孩子。每当这个时候,我也搬来一张小矮凳,紧贴着母亲,静静地坐在她的身旁。要许久,母亲才收住哭声,擦干眼泪,将我搂在怀里。

母亲哭诉的孩子中,有几个病死的时候已经有两三岁了,是父亲亲手一个一个把他们埋在了村旁的枞树山里。这之中,最让母亲无法

008

释怀的，是我此生无缘谋面的两个哥哥，大哥二生，二哥寿生。尤其是那个聪明又可怜的二生，是父母遵照郎中的"嘱咐"，将汤药喂进他嘴里，当场给药死了。

这是一桩岁月久远的无头医案，已无对证。其时正是二十世纪五十年代中期，在那样一个医疗水平不高、儿童夭折寻常的年代，一条生命能否存活，包括我父母在内的乡人们，普遍都是在宿命里找原因和求解脱，民间草药郎中是无须承担责任的。

我小时候，也是病痛多。我依稀记得，母亲许多次背着病恹恹的我，往返乡间小路，去寻医问药。回到家后，母亲急忙生了柴火，拿出小砂罐熬药，逼仄的屋子里，浓浓的药味熏人。熬好的半饭碗汤药，黑乎乎的，冒着热气。母亲端给我喝时，我总是一副哭腔，十分抗拒。有时略略抿一口，苦得厉害，哭闹着更不肯喝了。每每此时，母亲总是一脸愁容，好言好语哄劝我喝下，说喝了病才能好。或者拿出一小块黑乎乎的硬红糖，要我咕嘟咕嘟喝几大口，再咬一口红糖，就不苦了。在母亲满含忧郁和鼓励的目光里，我就这样一次次艰难地把汤药喝完。幸运的是，喝过无数汤药，我居然一次次挺过了病痛，一天天长大，而且异常活泼好动，成了村里有名的顽皮孩子。也正是因了这份顽皮，让我前后两次分别折断了手腿，由此认识了郎中黑朵。

黑朵是上羊乌村人，上羊乌村与我们村庄相距也就两三里路，那时同属于一个生产大队。黑朵方头大脸，皮肤黝黑，左脸颊有一个光亮大疤，笑起来牙齿很白，也很和善。或许正是因为脸皮过黑，他才

009

得了一个"黑朵"的名号。又或许这个名字只是他的小名,他的正名是什么,我迄今无从得知。在故乡一带,那时正值中年的黑朵,以专治跌打损伤著称。

我第一次骨折是折断左手臂,缘于一场摔跤。其时我还没有开蒙上学,正如村里人日常所形容的,"哪里有孩子打架哭闹,哪里就有鼎罐的份"。鼎罐是我的小名,是接我出生的文章奶奶取的,原意是我爱吃饭,取笑我能吃一鼎罐饭。鼎罐是铁质的,那时是家家户户煮饭的器皿,结实耐摔打,倒也符合我小时候的顽皮性格。只是那一次,在村前朝门口老柳树边的空地上,我与一帮小伙伴在玩摔跤叠人时,我被压在了最下面,左前臂给折断了。

父母请来给我接骨的,就是黑朵。我已忘记了那时接骨的疼痛,只记得事后我的左前臂上了夹板。夹板是黑朵从杉树上剥下的一圈树皮,长度与前臂相仿,劈成两半,削去了外皮上的尖刺,里面光光滑滑,铺上草药,将我的断臂刚好包裹起来,用带子扎紧。而后,我的这条上了夹板的断臂,曲于胸前,用父亲的一条旧长帕兜起来,打了个结,悬挂在我的颈脖上,像黑白电影里的一个伤兵。

每隔两三天,黑朵就会送来新的草药,查看我的手臂。那时大家都在生产队劳作,黑朵也是在劳作之余,到原野山间,扯了新鲜的草药,趁傍晚时分来我家送药。每次来时都是晚饭时分,我的父母自然要尽力准备一顿好酒饭招待黑朵郎中。说是好酒饭,照现在看来,其实根本谈不上,无非是临时煎个鸡蛋或鸭蛋,或者炒一点干泥鳅,酒

010

也是自家酿的红薯烧酒。黑朵送来的新鲜草药，是事先剪碎混合了的，让人难以辨认，这也是旧时乡村郎中的惯常做法，以免泄露了药方。不过，有的草叶，我母亲还是能够辨认得出，诸如泥头草、木节草、瓦片叶……

嚼草药奇苦，这事每次都是我母亲做。早上换药的时候，母亲遵照医嘱，将那一大包新鲜草叶，分多次，一口口塞进嘴里，嚼烂成绿色的药泥，吐出来，装于碗中。母亲说，草药实在是太苦了，比黄连还苦。事后无论怎么喝水漱口，口里整天都是苦的，苦得没有胃口，连饭都吃不下。草药嚼好后，母亲解下我手臂上的夹板，用冷茶水敷一敷臂膊上干结的旧药，一一抠干净，而后小心地敷上一层新的草药，重新绑上夹板。

我的手臂渐渐好了起来。许多时候，我感觉被草药包裹的手臂奇痒，母亲说，那是新骨头在长了，快要好了。有一天，村中一位老人出殡，村前的朝门口热热闹闹，我也跑去围观，不小心被人挤倒，刚要好的断臂，又从原处折断了。父母急得要哭，却也没法，只得又请了黑朵来，重新把我的断臂接上。几个月后，我的手臂终于好了，运动自如，没有落下任何残疾。那时候，黑朵给人接骨，是不收钱的，事后会收谢礼，谢礼的轻重则随意。我的父母在过年时，砍了一块猪肉送到他家，以示感谢！

听人说，黑朵也曾当过几年赤脚医生，日常在生产大队医疗点坐诊，由大队计工分。医疗点是一栋老旧瓦房，原是一所旧时的乡村书

011

院，就在他们村边石板路旁，与羊乌学校隔着一片稻田相望。那时的两三个赤脚医生都是本大队的人，黑朵负责草医这一块。日常使用的草药，需要他们几个人一起去山上挖采。

年少时，大约是我在羊乌学校附中读初一的那年秋冬之交，我的左腿在一次跳桥时折断了。那是一个晴朗的星期天上午，我与一帮同伴捡柴下山回家时，路过村前的木桥。因靠村子这边的一孔桥板在夏秋间为洪水冲走了，还没修复，为走捷径，我们懒得蹚水过江，所以就一个个从高高的断桥上飞步俯冲，跳往对岸。可是，我刚一跳下，左腿一阵疼痛，就坐倒在地，立时看到腿干骨正中央折了，凸撑着外皮。我哭喊着不能起来，是同伴跑回家，告诉我母亲。我母亲急急忙忙跑到江边，将我背回家中。经过一个长冬，这条腿又是黑朵郎中给我接上治好的。庆幸的是，这条腿同样没有落下任何后遗症。

分田到户，生产大队解体，黑朵不再当赤脚医生，成了民间的一个草药郎中。因为名声所在，偶尔还有人上门来找他医治跌打损伤。我少年时代，在村庄里，或田野小路上，有时还遇见他。他每次看到我，总会亲切地喊我的名字，黑黑的脸庞笑容和善，那一口牙齿就越发显得雪白了。我自从高中毕业后，考上了中专，远离了故乡，就很少碰见他了。

前些日子，听我的二姐贱花说，她去年在乡下偶然遇到了黑朵，黑朵还向她打了招呼，怕有八十多岁了，身体还很健朗。黑朵也是姓黄，他所在的村庄，本是数百年前从我们村庄分出去的，与我们同祖同宗。只是他的辈分低，比我要低两个辈分，很多人都是直呼其名。我们姐弟遇着他，都是叫他哥哥，尽管他年纪比我们要大很多。

对于黑朵，我总是心怀感激。感念这个眉目和善、面庞黝黑的乡野草药郎中，让我拥有了健康的肢体。

媒婆

男大当婚，女大当嫁。

昔日传统农耕的乡村，促成一桩婚姻的媒介，主要是靠媒人。正如俗话所言："天上无云不下雨，人间无媒不成婚。"

我的故乡八公分村，做媒也叫做介绍，媒婆又称媒人或介绍人。现实生活中，所谓媒婆，其实并不像戏剧里塑造的那个刻板形象：一个滑稽的瘦老太婆，戴个乡下老妪常见的小帽，拿一根长长的竹子烟管，嘴角上长了一颗寓意靠嘴吃饭的小痦子，能说会道，到男方家，

014

说女方如何好，到了女方家，说男方如何好，就没几句是真话。在乡村，做媒的人并无年龄和性别的限定，或者是老年人，或者是中年人，或者是青年人，或者是女性，或者是男子，只要有心去做媒，都是可以的，全属热心之举。

像我们家，我的母亲就曾做过三次媒婆：先是做媒让她娘家侄女辈的东娥嫁给了我的族兄明星；再是把她堂姐的女儿嫁给了我们村的木匠孝健；后来，又把她童年女伴的闺女贱枚说给了孝健的徒弟贱仁，贱仁——那时与我家还同在一个生产队。给我二姐贱花做媒的，则是昔日我们生产队的队长国杏。我二姐出嫁的那一年，二姐做媒又将她姑娘时期的好伙伴寿香，嫁给了我二姐夫的堂弟。乡间的媒人往往就是这样，亲戚之间，邻里之间，朋友之间，在经意或不经意之间，相互说合，促成婚姻。

只是有的人更热心于牵线搭桥，加上人品好，有信誉，促成的婚姻多，就成了远近有名的媒婆。大体来说，做媒婆的以女性居多。但距离我故乡较远的庄家村，有个名叫李守先的老汉，就是这样一个声名远播的好"媒婆"。十多年前，我在《郴州广播电视报》做记者，还曾特地去采访过他。

那是盛夏六月的一天，是当地黄泥圩赶集的日子。据说，多年来，每逢赶集日，守先老汉经常带上几个事先约定好的未婚男女在集市上会面。若是双方初次见面有好感，他就会把这个媒继续做下去；假如双方不来"电"，他就再给他们另行物色合适的对象。

015

　　这是一个非常开朗、爱笑又健谈的老人。当我说明来意，他就滔滔不绝地说了起来。他说，他如今已经七十五岁，四个儿子都已经成家立业。不过，在他的童年时代，他却是一个十分苦命的穷孩子，三岁丧母，十一岁丧父，从小就靠到当地的小煤矿挑炭卖苦力为生。独自在家实在没饭吃的时候，他也常常跑到已出嫁的姐姐家里去吃几天饭。

　　也恰恰是在他姐姐家里，李守先竟然第一次做了一回媒人，连他自己都想不到。那时他刚二十岁，有一天，同往常一样，他又来到唯一能依靠的姐姐家走亲戚。吃饭的时候，他看见姐姐邻居家年纪不大的女儿曹翠桃待在家里，就好奇地问她为什么不去上学。曹翠桃的母亲愁着眉说，家里连吃的都没有，哪里还继续上得起学。心直口快的李守先说："我有一个堂兄李守植，比我大两岁，他家里有吃的，还可以送翠桃读书，嫁给他！"

　　见我有所疑惑，李老汉解释说，解放初期，农村里穷，还盛行童养媳。在得到曹翠桃本人和她母亲同意后，青年李守先当即跑回村里叫来李守植。当天，曹翠桃在母亲的护送下，来到了李守植家做了童养媳并继续上学。毕业后，曹翠桃与李守植结了婚。

　　青年时期的李守先，虽然读书不多，却是一个身强力壮的好劳力。由于是苦孩子出身，他做事总是非常勤恳，且心眼好。在那时的偏僻农村，独身一人的他过着日出而作、日落而息的生活，家里也谈不上有什么收入，但凭着劳动已能养活自己，且在村办煤矿做工，工分高。

016

这些，引起了村中的一位媳妇王玉凤的注意。

二十八岁那年，尽管李守先此前半开玩笑半认真地做过了几回媒婆，且都成功了，可他自己却仍然是单身汉。有一天，王玉凤找到他说，自己的亲妹妹王美凤十多岁了，因老家很穷，一直在自己这里居住寄养，她有意把妹妹嫁给他。

李守先一听，当即觉得不妥，毕竟年龄太悬殊了。再说自己也想找老婆了，恐怕等不了那么久。然而，经不住王玉凤三番五次地说媒，且看着小姑娘模样也清秀端庄，李守先不免又勾起了同病相怜的感触，就答应了。不过，他向王玉凤提出一个条件："美凤是你亲妹妹，还是先在你家养着，我每月出八十斤稻谷给她吃，再给些油盐和菜钱，长大后，她如果想另外嫁人也可以。"

自从说上了媳妇，为了今后更好地谋生，李守先拜师学做油漆。因聪明勤快，仅仅三个月，他就脱了师，从此开始了走村串户的做油漆生涯。

四年后，三十二岁的李守先结婚了，新娘就是他如今的老伴王美凤。说到这里，李老汉乐呵呵地笑了起来，脸面生动。

几十年来，李守先一直以种田和做油漆养家糊口，在方圆几十里内，他也记不清做过多少回媒人了，反正他油漆的活儿做到哪里，就把媒人事业也做到了哪里。"少说也有几百对吧。"李老汉说，很多时候，他仅仅是为男女双方牵了根线，接下来他们自己谈恋爱去了，也用不着自己再操心。不过也有一些难缠的主，他甚至要花上一个多月

017

的时间，在双方之间来回跑动说合，往往自己还要贴上很多次酒饭。

"我做媒从来不收别人的钱，我不抽烟、不喝酒，有时候，一些有礼节的人要结婚了，给我送几斤鱼、肉或者水果表示感谢，我就收下。我并不是靠做媒为生，我纯粹是做好事。有些人生了孩子请我吃饭，我还要封一个小红包。"说这话的时候，李老汉咧嘴笑得眯紧了双眼。

那次采访后，我很快在报纸上发了一篇报道，并配发了一张他笑眯眯的照片。几个月后，临近春节，我又一次来到李老汉的家，并给他带来了几份报纸。

"接到你的电话后，我就从五里路外的张湾组赶了回来，那里有一个三十岁的离婚女子和一个二十二岁的未婚女子要我做媒。"我在他家尚未坐定，李老汉又谈起了他的"媒婆经"。他开心地告诉我，自从他上了报纸，更是有名了。"有几个男青年看到报纸后，上门来请我做媒，连永兴县城一个姓曹的医生也来请我做媒。"李老汉一面得意地笑着说，一面翻着他那本做媒记事簿。据他说，近段时间有两对大龄青年配对成功，其中姓曹的医生与他介绍的对象已经领取结婚证了。"还有十多个男子，在等着我找合适的女子。"

不过，李老汉也谈到了他的忧虑，眼下的媒人事业似乎不那么顺利了。"托我做媒的一般是大龄男青年，有些人家经济困难，做成一对要跑很多路，费很多口舌。往往是相亲的多，成功的少。"

"我反正也没什么事，每天到各个村子里去访女子，春节期间从

018

外面打工回来的女子多,是做媒的好时机,托我做媒的人那么多,我总要有个交代啊!"说这话时,"媒婆"李老汉又笑得眯紧了双眼。

如今一晃十多年过去,不知这位可爱可敬的老者是否还健在?不过,他那笑容可掬的脸面,依然清晰如昨,一经忆起,顿时浮现脑海,令人温馨而愉悦!

裁缝

说到年轻时给裁缝师傅昌维当学徒的日子，如今七十来岁的圣德，在电话中依然难掩不平之气，"经常挨他的打，我那时脑袋都被他拿尺片打饱打肿了！"

小时候，故乡人的穿着很简朴，衣服裤子非蓝即黑，没有太多的花样和色彩。中老年人，都是穿一种满裆的抄头裤，裤腰奇大，宛如大水桶，穿上后，需要双手将裤腰布头在腹前抄拢折叠起来，再用一条布带子围着裤腰扎紧。一家之中，这样的抄头裤男女皆可穿，我的

020

父母就曾共穿过同一条抄头裤。只是抄头裤过于松松垮垮，肥肥大大，有时不小心，裤带一松，裤子就掉落了下来，闹出笑话。我的大姐荷花，每次讲到仁鸾婶婶掉裤子的事，就笑得岔气。那是她少女时期的一个上午，与我家同住一栋老厅屋的仁鸾婶婶，在村前池塘边的石阶洗衣服，大姐和村中几个妇女也在一旁洗衣洗猪草。就在仁鸾婶婶弯腰俯下身子时，她穿的那条抄头裤猛然一松，掉到了脚跟。那时乡村人还不兴穿内裤，除了天寒地冻的日子，身上就一条单裤。这场面自然很尴尬，仁鸾婶婶慌忙将裤子提了起来，一面笑着自我解嘲："哎呀，这条鬼抄头裤，裤带一下就松了。"众人嘻嘻哈哈，也是一阵应和的说笑声。

那个时候，上门给故乡人家做这样旧式的抄头裤，做对襟或斜襟布扣的上衣的，是两个本地的老裁缝。一个是久胜，一个是发节。久胜家住对河冲，离我们村二三里地，是个精瘦的老头，因自己是裁缝，穿着自然干净整洁些。发节则住油市塘，与我们村更近，就一江之隔。油市塘有许多老街铺，因地居交通要冲，自古以来，就有外来的匠人和小行商在这条百十米长的合面小街上落脚生根。这里古树林立，溪涧绕村，景致十分之好。比起久胜来，在油市塘街上做裁缝的发节，名声可没么好。其人身形肥大，外号"大屁股"。关键是，有传言称，发节大屁股上门给人家做衣裤时，常会趁人不注意偷布，藏在自己所穿的抄头裤里。传言是否确凿，已不可考。不过，那时候，故乡人家多数是请久胜上门做衣服，这倒是不假。

庄稼人

021

到我上小学时，已是二十世纪七十年代中后期，故乡这两位老裁缝已经故去。传统的抄头裤和对襟布扣上衣，逐渐被缩带裤、西装裤、中山装、学生装、开胸襟等新式的衣服样式取代。其时，油市塘街口新建了一栋瓦房，就是油市塘供销社，周边村庄的人们，常来这里买日用品。我有时也跟随母亲，过江来这供销社买火柴、煤油，就站在柜台外面看那琳琅满目的货品。进门左手边的柜台，是专门卖布的，里面的几层货架上，是各色的布匹，红色、白色、蓝色、黑色，也有些是印花布，更漂亮了。那时，我常听大人说到两种布的名称，"的确良""的确卡"，据说是最贵最时尚的布。

于是，油市塘街上很自然地就有了一个裁缝铺，做裁缝的中年师傅名叫昌维，姓刘，是我们本地凫塘村人——凫塘村距我们村庄有五六里路。昌维租赁了临街的一个老铺子，里面摆上缝纫机，裁布的高大木板台子，简单而空荡。这里是交通要冲，周边几个大队的乡民，每逢赶圩，都要从这小石板街经过，且众多村庄唯有这一家裁缝铺子，因此一年到头，不是这户人家做新衣新裤，就是那户人家来做衣服，昌维的裁缝铺生意总是很好。我偶尔从裁缝铺门口经过，那吊脚楼的廊下，经常有几个老妇女在闲坐聊天，里面能看到昌维，或站在木板台子前裁剪布料，或者嘀嘀嗒嗒地踩缝纫机做衣服。在我的印象中，昌维中等个子，身材消瘦，脸色发白，不苟言笑，看起来像个大病愈后之人。事实上，他确实曾进过大医院，据说切了一只肾，那条留在腰间的长伤疤，他曾掀起衣服给街铺上的妇女们看过，传了开来。这裁缝铺里,也常有年轻的姑娘来观看,来捡拾手指宽的碎布条,用来粘贴做鞋垫,或者做别的什么女红。到了年底,裁缝铺就更热闹更忙碌了,扯了布的人家,领着男孩女孩来这里量身,做过年穿的新衣服,整日间人流不息。

一年四季,这独家的生意是如此之好,一个人自然忙不过来,昌维也就招了三个学徒,做起了师傅兼老板。这学徒两男一女,都是未婚的年轻人。其中两个男青年,一个是他的妻弟,一个则是圣德。

圣德是一个长相清秀又聪慧的小伙子,二十岁出头。那时,他家所住的大厅屋,与我家所住的大厅屋,中间仅隔着一条青石板巷子,且他家与我家同在一个生产队,我们自然十分熟悉。他尤其爱笑,言行和善有礼,十分忠厚。圣德对裁缝饶有兴趣,就一门心思来到昌维的裁缝铺里,拜他为师,当起了学徒。

在生产队时期,作为社员的农民,靠在生产队做农活挣工分,才能够分得粮食,养家糊口。圣德作为一个年轻力壮的劳动力,当学徒做裁缝,则脱离了农业生产,除了须经生产队许可,还得向我们生产队交纳一笔款项,方能按正常劳动力计算工分。经过交涉,这笔钱由裁缝师傅昌维代为交给生产队,每年三百块,生产队则按每日十分的工分,给圣德计算全年的工分。圣德在学徒期间,昌维不再支付工钱,只提供一日三餐:早上吃饭,中午吃稀饭,晚上吃饭或者吃红薯。给裁缝铺师徒四人做饭菜的,正是裁缝铺的房东主妇。

就这样,圣德每天早出晚归:早上早早地起来,洗漱之后,走过

裁缝

那吊脚楼的廊下,经常有几个老妇女在闲坐聊天,里面能看到昌维,或站在木板台子前裁剪布料,或者嘀嘀嗒嗒地踩缝纫机做衣服。

025

村前长长的石板路，过了江上的石桥，来到裁缝铺里洒扫做事，开始一天的学徒生涯；到了晚上，吃过夜饭之后，才又走路回到家中。

很长的一段日子，昌维师傅每天只是安排圣德绞扣子眼，做小孩的短裤，或者成人的裤子，再就是踩缝纫机缝被子套。缝纫这类衣物，踩的是直针线，操作简单，没有太多技术含量。那个时候，做一条小孩的短裤工钱是一角五分，做一条成人的长裤工钱五角，做成人上衣则七角工钱。做上衣转弯抹角的针脚多，师傅通常不让圣德做。

日子久了，圣德想学裁剪衣裤，这也是作为一个裁缝最关键的技术活，但昌维师傅一直不教他，也不教另外两个学徒。每次昌维在裁剪台前丈量裁剪布料时，甚至不准他们观看。很多时候，圣德就偷偷地瞟学。有时挨得师傅身边近了，正在裁剪的昌维拿了手中的竹尺片，反手就敲在圣德的头顶上。如此反复，圣德的头顶经常挨打，头皮常常是肿肿的。好在圣德渐渐领略了一些裁剪的门道。在年青的圣德看来，师傅之所以不教他裁剪，连偷看都要挨打挨骂，是师傅怕他学了真传，将来自立门户，抢了师傅的饭碗。昌维所需要的，只是单会给他踩缝纫机的学徒劳动力。这样坚持了一年半，实在无法忍受，圣德就离开了裁缝铺，不再当学徒了。

回到家的圣德，添置了一台新缝纫机，架了个简单的裁剪台子，办起了自己的缝纫店。村里偶尔也会有人买了新布料，来请他做新衣新裤。我清楚记得，他的缝纫机，就放在一间杂屋里，门口紧靠石板路和村前的水圳。他平素依然是生产队的一名主要劳动力，只是在中午休息，或者到了晚上，才会开门，来这屋里踩缝纫机，做一些衣裤。我的二姐贱花和附近的一些大姑娘，经常来他屋子里聊天，学着帮他绞扣子眼。可是，圣德学艺不精，自然请他做衣服的人不是太多。许多时候，村里人家还是舍近求远去昌维裁缝铺。唯有到了年底，来请圣德做新衣服的村人才会多起来，毕竟江对岸昌维裁缝铺生意太好了，即便早早地放了布去排队，也不一定能保证在过年时拿到新衣服。

昌维裁缝铺的火红日子，持续了好些年。随着生产队解体，分田到户，乡村农贸市场日趋活跃，农村人去广东进厂打工渐成主流趋势。各种现成的衣服和裙子，已能从圩场买到，款式新颖，价钱便宜，无论是老年人的、中年人的、青年人的，还是小孩子的，男女老幼，琳琅满目，应有尽有，随要随买。因此，扯布做衣服的人家越来越少，油市塘老街上的裁缝铺，生意日趋冷清。某一天，昌维挑了他的缝纫机，回他老家去了。

圣德也锁上了他那间放了缝纫机的小杂屋，跟随村里的一班年轻人，去了广东打工。

榨头

此刻,当我的思绪回到故乡,我分明又看到了那个青砖黑瓦的宁静村庄,看到了漫山遍野的油茶林,看到了古柏下那座散发着新茶油芳香的榨油坊,那匀和有力的打油声,"嗒——嗒,嗒——嗒,……",一声缓,一声紧,回环往复,震荡山野。

故乡曾是有名的茶油产区,在大集体时期,羊乌大队共有两个榨油坊,一个在下羊乌村,一个就在我们村。大队辖七村十一个生产队,下羊乌村的榨油坊供上羊乌、下羊乌、土方头三村五个生产队打油,我们村这个则承担八公分、油市塘、朽木溪、对河冲四村六个生产队的打油任务。榨油坊的碾槽靠水力驱动，因此，两个榨油坊都建在江岸边，我们村的是在江流的下游。

现在想来，我们村的榨油坊真是个风光美好的所在。它独立于村北的江岸边，是一个青砖黑瓦的大院落。大门的旁边，有五六株需两三个成人才能合抱的古枫和古柏，高耸云天，繁荫覆盖。一条宽阔的水圳，从村前广阔的田野间蜿蜒而来，满圳清流，流经这古枫古柏之间时，分了一支水流，沿着榨油坊的北墙根，流到水轱辘的位置，陡然跌落到深坑下，由暗沟从地底通往江边。每年年底打茶油的那几个月，乌黑巨大的水轱辘整日整夜转个不停，水声哗哗，空气里散发着新茶油的浓郁芳香。

管理榨油坊的人，俗称榨头。湘南山区自古就出产茶油，榨油坊遍布各地村落，榨头这一民间职业自然由来已久。我的故乡也是如此，在曾经漫长的岁月里，榨油坊是自然村落的公共财产，榨头管理榨油坊，在打茶油的季节，收取一定的费用，以维护榨油坊的正常运转。

在大集体时期，榨油坊依然还是原来的榨油坊，榨头则由大队选定，每个榨油坊安排一个榨头。在打油的那几个月里，榨头从早到晚每天都在榨油坊里，他要负责榨油坊的日常维护，负责打油排班，负责收取费用，还要参与打油。自然，打油所收取的费用，全部上交大队。榨头这几个月的工分，则由大队记工，并给予少许补贴。被选为榨头的人，必定是为人诚实可靠，身体健壮，能算账写字，又擅长打油的老把式。

我童年和少年的记忆中,我们村的榨头,有很长时间一直是成朵。成朵是我家隔壁邻居,那时他正值壮年,长得头圆腿短身板厚,胳膊和腿肚的肌肉鼓得老高,活像弹花槌。他的厚嘴唇上面,有一个大鼻子,常年通红。在爱给人取外号的故乡,很多人叫他成朵李子,意为他浑身圆滚滚的,像颗大李子。成朵耳背,要大声跟他讲话,他才听得清楚。他平日沉默寡言,表情严肃。爱做事,人勤快,没脾气,耐得劳,是村里人对他的普遍评价。正因如此,他向来担任所在生产队的副队长,每天喊开工时,他粗喉咙,大嗓子,喊一声就像打雷。

在故乡,向来遵守过了霜降才采摘油茶果的老规矩,这时的油茶籽,油分最足。上山摘油茶果是一项艰辛的劳动,在大集体时期,往往要十天半月才摘得完。摘下山的油茶果,要晾晒干,裂开后,露出一包包黑亮亮的油茶籽。之后,将晒好的油茶连籽带壳收回来,再分拣出干净的油茶籽,又是一个费日子费人工的漫长过程。待到开榨打油时,往往到了农历十月底。

各生产队打油的先后顺序,成朵通常是抓阄排班,每个生产队打七天,轮着来。六个生产队一轮打不完,再依序打一轮。油茶丰收的年份,有时要打到来年二月。

在生产队,打油是个好差事。打油这几天,榨油坊里的伙食格外好,有肉吃,有酒喝。时值深冬,萝卜白菜有的是,放了许多新菜油炒的菜,就特别香。油炸红薯片,油炸烫皮,也是一锅一锅地炸,炸得黄澄澄的，又香又甜又脆，十分诱人，是打油人的茶点，也定然会将村里一群群嘴馋的孩子吸引来。如此情形下，各生产队安排打油的成年男子，也通常是轮换着。一般来说，打油的日子，包括榨头在内，榨油房里需要七八个好劳动力。

　　从油茶籽到打出金黄芳香的新茶油，是一个复杂的过程。最关键的是烘焙，烘焙得好，出油率就高。榨油坊院子里，沿着南墙和东墙，砌了一间间烘房，掌管烘焙的人，须随时查看火的大小，不时抓一把油茶籽，摸一摸试手感，摇一摇听声响，以确定烘焙的情况。榨头自然是烘焙的好手，许多时候，油茶籽最终是否烘焙好了，由他说了算。

　　烘焙好的油茶籽，送到碾房。碾槽是一个巨大的圆盘状木质器具，由水钴辘带动巨轴上的大小齿轮，驱动四面钢轮在碾槽里奔跑，将油茶籽碾碎成粉末。碾好的油茶粉要及时上甑蒸熟。大砖灶在榨房里，紧挨着大木榨。锅大甑大，柴火猛烈，烤得烧火人脸面发烫。蒸好的油茶粉，油滋滋的，香味浓烈，得趁热踩成油茶饼。我曾看过成朵踩油茶饼：在地上放置两只叠着的钢环，环内放一个事先做好的斗笠状稻草窝，随着一小桶热气腾腾的茶油粉倒进去，踩饼的人，光着双脚，就踩了上去，一边转着身子踩，一边用脚板把稻草扫平，包裹上面的油茶粉，踩成一个厚厚的大圆饼。我每次看到踩饼的人，烫得双脚通红也不下来，那么耐烫，真是佩服得不行！

　　打一榨油，通常是放十八块油茶饼。木榨是一截古樟的树干，横

031

搁在垫木上,足有一丈多长,胸径长三四尺,中部挖了一个外方内圆的长孔洞。打油时,由榨头将油茶饼一块一块塞进去,往一端码放整齐,挤压密实。而后,将一根根大小不一的木楔插在孔洞的另一端。这些木楔子,都是硬木做的,长年被茶油染浸,已然红光发亮。用来打榨的一些木楔子上,则镶嵌了钢帽。

打油随即进行。打油的长杆槌,中部偏后的位置悬在屋梁垂下的活动吊杆上,槌头也镶嵌了钢帽,钢帽后绑了一根粗短的稻草绳。打油须四名成年男士,榨头和一人在前面,双手把握着槌头的草绳,另两人在后面,共同紧握杆槌上的吊杆。随着榨头的一声喊,四人拉开架势,提起长杆槌往后一甩,迅速回过来对着木榨上的一个楔子打去,"嗒"的一声巨响,打得木榨一阵颤动,金黄的茶油顿时被挤压了出来,沿着榨底的小孔洞,源源不断流下,像下大雨一般,哗哗落入盛装的油桶,奇异的芳香,也随之弥漫开来。榨头在前面掌握着打油的方向和节奏,"嗒——嗒——"的声音,一声缓,一声紧,匀和有力,极具穿透性,顺着北风,几里路外的人,都能听见。

在一年中打油的那些严寒日子里,成朵日夜与榨油坊为伴,他沉默少言,却干劲十足,是村人向来所称道的。一担担新茶油从榨油坊里挑出来,无不凝结了他作为榨头的一份责任和辛劳。

分田到户后,榨油坊旁边的古树被当作公共财产,悉数被砍伐变卖掉了。做榨头的人,也几经变换。村里的教义、日德、四深等人,都先后做过榨头。这时候,做榨头是要投标竞选了,出钱多者做榨头。

第一辑 事众生

最初的几年，打油依旧是用木榨。每户人家排到班时，除了榨头外，另几个打油人需要临时雇请。好在那时候，请人帮忙，并不需要支付工钱，只需好酒好菜招待就行。打完油后，榨头收钱的方式也灵活，愿意交钱的交钱，没钱的用茶油或茶枯饼折价也行。榨过油后的茶枯饼，县城有厂家收购，可继续提取油脂，残渣做成肥料。

大约到了二十世纪八十年代中后期，榨油坊里开始使用一种立式的铁榨，半机械化，打油时，只需榨头或本家一名男子摇动摇臂即可，是利用千斤顶的原理榨油。从此，那个不知使用了多少年的木榨，就闲置下来，再没有用处了。

村里最后一任榨头是孝秋，他是成朵的二儿子。与成朵长相不同，孝秋更多继承了他母亲的基因，个子高挑，热情爱笑。与此同时，村里的油茶山种植却每况愈下，人们纷纷去广东打工，田土山岭疏于管理，任由荒芜。有时候，一场意外山火，导致连片的油茶林悉被烧毁，令人心惊和惋惜。长此以往，多数人家甚至没有了茶油可打。即便有，也少得可怜。

大约在一九九五年，榨油坊最终被拆毁了，夷为平地。那些木榨、水辘轳、碾盘，折价变卖一空。村庄的大地上，从此再也听不到"嗒——嗒，嗒——嗒，……"的打油声。

屠户

村里有四个生产队,村大人多,差不多家家户户养猪。不说多了,一家一年养一头两头的,那是十分寻常的事。这样算来,上百户人家的大村,一年出栏的肥猪数量也很可观,除了完成国家收购任务外,余下的在过节过年的时候,由各生产队按计划宰杀分肉。

猪一多,自然屠户也多。国杏驼子、丁茂高子脚、常节眯眼等,一口气可以像串泥鳅一样,报出一串长长的名单来,他们都是村里杀

034

猪的屠户。不过，随着大集体解散，分田到户，有的屠户已经改换门庭洗手不干，有的年老体衰，有的相继去世，有的只是在生产之余偶尔被人请去杀个猪，一直不曾间断以屠谋生的，当属常节眯眼。

常节眯眼和我家同在一个生产队，从我小时候起，二三十年中，我家养的肥猪有不少是他杀的。常节眯眼的正名叫国常，村里的习俗，喜欢在男人名字里一个字后面加一个"节"字，用来做平时的称呼，而正名倒常被忘记，譬如三节、俊节、和节，因此国常在村人的口中就叫常节。常节长得不高不矮，不胖不瘦，只是一双眼缝出奇的狭窄，一笑起来，满脸笑纹绷紧上弯，两粒本来就小的眼珠子登时被一线细缝给缝起来不见了，而他又爱笑，也爱说些荤腥的笑话取笑大人和孩子，好事者便又在他名字后面加了两个字，叫作常节眯眼。

常节眯眼杀起猪来，手法倒是娴熟得很。杀猪的日子，一般都是选在大清早，全家人早早地起床了，把平素嵌在厅屋角落土灶台上专门用来煮潲的大铁锅洗刷干净，倒满清水，烧起熊熊柴火。"水烧滚了吗？"这个时候，突然听到这么一大声喊，是常节眯眼睡眼惺忪，提着他那一篓子专用"法器"哐哐当当来了：两把大砍刀、一把长尖刀、两副铁钩子、两个铁刮子、一块磨刀石、一把长秤、一把盘子秤，还有他那块黑得油光发亮的围裙。专门请来捉猪尾巴的邻居帮手也来了。吃过一壶热茶，谈了一阵有关这头肥猪的闲天，大家兴头来了，说说笑笑，带着接猪血的木碗盆、烫猪毛的木脚盆、结实的长凳和杀猪刀，朝猪栏来了。父亲拆了猪栏门上的砖头和栏板，把潲盆移往一边，和

035

捉猪尾巴的人一同走进猪栏赶猪。常节眯眼已在猪栏门口择了一处开阔地,安放好了长凳和木盆,杀猪刀搁在接血盆里,朝两手的巴掌心噗噗各吐了坨口水一搓,等在猪栏门口。肥猪大概见势不妙,哼哼唧唧不肯出栏,在棍棒的驱使下,无奈地跨过了门槛。就在此时,只听一声尖厉的号叫,猪尾巴已被人突然抓住,常节眯眼一双无影手随即也稳稳抓住两只猪耳,两人猛力爆发,把一头大肥猪提起离了地。在四蹄蹬踹中,大肥猪被连拖带拽紧紧按在长凳上。转瞬间,常节眯眼变换身法,半蹲马步,左手在卜上掐着猪嘴,左肘抵住猪脖,右手从面前的木盆里捞起杀猪刀,顺势往猪嘴下的脖子中央插了进去,一用力,拳头连刀一同没入刀口,猛一回手抽刀落地,一股血流跟着喷射而出,哗哗落入木盆。此刻猪嘴仍然被常节眯眼一双大手死死掐着,猪的号叫越来越弱,渐渐四腿绷直,血干气尽。常节眯眼和邻居帮手两人反手一甩,大肥猪重重落在地上,猪身晃荡,满地血污。接下来烫毛刮毛,上架开膛,翻肠破肚,剖边下架,斩块过秤,常节眯眼手脚利索,一气呵成。

那个时候,村里人家一般都是请常节眯眼杀家猪。所谓杀家猪,就是只雇请常节眯眼杀猪卖肉,付他一天工钱,管他三餐酒饭;而赶圩挑肉,交费纳税,余少剩多,价钱贵贱,都是主家的事情。后来,商品经济在乡村日渐活跃,肯杀家猪的屠户已经极少,要么就是工钱特别贵,要么就是推三推四。于是另外两种新的屠宰方式逐渐在村里流行,一是过白,一是估坨子。所谓过白,就是屠户免费给主家杀猪,

036

主家除按事先讲定的适当留一点猪杂猪肉猪血外，其他的全部按双方约定的价钱一次性过秤给屠户，待屠户晚上卖肉回来，再一次性付清肉钱给主家。主家客气的话，在屠户来送钱时会招待一餐晚饭。估坨子则是双方同到猪栏看猪，凭眼力估重量，谈妥价钱后，屠户直接把猪赶走，杀不杀，什么时候杀，全与主家无关，主家辛辛苦苦养一头猪下来，连一根猪毛都不留，连一口猪血都吃不到。在我读高中读中专的那几年，我家的猪多是以估坨子的方式卖给常节眯眼，以图多拿几个现钱。

村子地处三县交界之处，周边有两个圩场，往东十里是黄泥圩，往南七八里是东成圩，两个圩场开圩的日子不一样，或是逢二五八，或是逢三六九。有好些年，常节眯眼一年四季有杀不完的猪，赶不完的圩，大清早挑一担肉走黄泥巴山路往圩场上赶，天黑了挑两个空谷箩筐回村，生意做得红红火火，脸上油水溜光。后来，他家里建了两层砖混结构的房子，给儿子娶了新媳妇，一双笑眯眯的小眼睛难得好好空下来睁开过。

可能是后来圩场上的屠户多了，竞争也激烈，或者是十里八乡村民生活水平提高，各种各样吃的肉食丰富了，猪肉不好卖，不知什么时候起，就看到常节眯眼挑着两个谷箩筐走村串巷吆喝卖肉。三伏天的时候，等太阳落岭了，那箩筐里的几块肉已经有异味了，他还在村前吆喝，或跟人讨价还价。"这几块臭肉，你还是自己吃去吧。"有村人这样打哈哈奚落他。常节眯眼不恼不怒，笑眯眯地把眼睛眯成一线

屠户

有好些年，常常眯眼一年四季有杀不完的猪，赶不完的圩，大清早挑一担肉走黄泥巴山路往圩场上赶，天黑了挑两个空谷箩筐回村，生意做得红红火火……

细缝，挑起箩筐回说："丢是不得丢。"

慢慢地，常节眯眼的卖肉摊就摆在了我们村前大塘边上的石板路上，也不过就是一张脏得发黑的笨重案桌，桌面上刀痕无数。偶尔，常节眯眼在村前案桌上摆上半边猪肉，案桌下的箩筐里也放着半边，用一块油腻腻的布遮盖着，几条贼头贼脑的大狗小狗终日与他为敌，几个闲得发慌的老人说说笑笑同他作伴。村庄里老人和孩子居多，年轻力壮的男女都到广东打工去了，已经显得十分空落。

村里养猪的人家也越来越少，以至于无。田园荒芜，野草茂盛，昔日被争相采拾的猪草已无人问津。常节眯眼也老了，有一天，他那双笑眯眯的眯眼一闭，死了。他的那一套用了一辈子的杀猪"法器"，估计也已经被他的儿孙们当作废铁卖了吧。

我家的相册里，保存着一张我自己拍摄的彩色照片，那是我父母晚年在一个春节前夕拍的，当时我带着家眷从县城回农村老家过年。那天清早，天气晴好，父母养了一年的大肥猪出栏宰杀，用来过年。画面定格在我家瓦屋旁的禾场上，大肥猪被横按在长凳上，已经挨了刀了，血流直喷。蹲在地上木盆边接猪血的，是我村里的亲戚孝健哥；捉着猪尾巴，按着猪屁股的，是我大姐夫仁民；常节眯眼蹲着马步，俯按着猪前身，他一双手用力掐着猪嘴巴。暖暖的阳光，打在每个人的笑脸上。常节眯眼笑眯着眼，正俯看着猪头，看那架势，啧啧，就是一个好屠户！

猪郎倌

只要提起"外奶崽"这三个字,村里人定然是立刻喜上眉梢,眉开眼笑,笑出一串愉快的长哈哈。

外奶崽是龙形上的人,龙形上是一个竹木掩映的清秀小村,位于一座油茶山脚,村前一条修长小溪,距离我们八公分村也就三四里路的样子。在故乡一带,"奶崽"是指男孩,"妹崽"是指女孩。可外奶崽都几十岁的老单身汉了,大家还这么称呼他。至于他的正名,则少有人知道,也无关紧要。

041

"外奶崽的鼎锣各打各。"这是我儿时就熟知的一句笑谈。在乡间，鼎锣就是小锣。一套响器里，有大锣，也有小锣，只有鼓、锣、铙、钹相互配合好了，才能打奏出高亢好听的旋律。倘使各行其是，各打各的，调子自然难听。顾名思义，村里人每取笑做事步调不一致的人，通常就会说这么一句："他呀，外奶崽的鼎锣各打各！"

外奶崽是否会打响器，我从没见过，不得而知。不过在很长的岁月里，赶猪公，当猪郎倌，倒是他一本正经的职业。

那时候，养猪是故乡人家一项主要的收入来源，几乎家家户户都养猪。就我们家而言，母亲一年必定养两头猪，一头大的，一头小的，待大的那头养肥杀了，再买一只猪崽。如此的话，年复一年，猪栏总不会空着，年年都能出栏一头大肥猪。这种养猪的方式，俗称养踏栏猪。家家户户养猪，大小村庄都养猪，自然，养母猪的家庭就不少。单是我们村庄，就有好几户人家养母猪，年年要卖两窝猪崽，赚一笔可观的收入，让人羡慕。

不过养母猪的成本大，人也辛苦，挑选母猪种也有讲究。村中若是有人家想养母猪，通常会事先到快有猪崽卖的人家去预约，让主人帮忙留意适合做母猪的猪崽，主要是看奶头，或十对奶头，或十二对奶头，或十四对奶头，尤以八对奶头最好，大小适度，间距匀称，健康红亮。被相中的小母猪崽，日后被人家买了去，就不会挨阉猪匠的那一刀了，渐渐长成一头大母猪。

相比而言，公猪崽就鲜有幸运者能长成大猪公的了。有许多年，

042

故乡周边的一带村庄,似乎也就外奶崽养着一头大猪公。人们一说到赶猪公的,就会想到外奶崽,一说到外奶崽,就会联想到他那头大猪公。

外奶崽那时四五十岁年纪,个子矮小干瘦,他常年穿一身蓝布旧衣衫,双眼微微眯着,额头前凸。每逢他和他的大猪公一同走在路上,碰见的人就往往会拿他开玩笑:"外奶崽,又带你兄弟进洞房去了,你也多喝杯酒有力气,哈哈哈哈……"每每此时,外奶崽也会咧嘴一笑,露出他那一口黄龅牙,并不怎样争辩。

通常来说,一头大母猪一年里会有两个发情期,从交配怀孕到小猪崽出栏卖掉,差不多半年。这样的话,一头母猪一年能产两窝猪崽,一窝少则几只,多则十几只,这也是养猪人家最理想的状态。大母猪到了发情期,日夜号叫不安,常会咬破猪栏门,逃窜出来四处游走,有时用脚踩它的屁股,尾巴不会用力往下钩着,甚至还会安静下来。有经验的养猪人便知道,要去请外奶崽和他的大猪公了。

一年四季,外奶崽带着他的大猪公经常翻山越岭,走上一条条曲曲折折的大路小路,进出一个个远远近近的村庄,去完成他们的使命。他们这早出晚归的一对伴儿,曾是故乡大地上一道游动的风景。大猪公走路,步履蹒跚,十分缓慢,它的嘴巴总是张着,哼哼唧唧,呼吸急促,嘴角满是白色的泡沫,看起来十分艰难的样子。外奶崽跟在它的后面,亦步亦趋,有时拿着手里的竹枝挥一挥,催促一下。尤其在盛夏炎热的天气,长长的山路上,猪困人乏,也真是一种不易的营生。

当外奶崽和大猪公抵达目的地，村里的气氛顿时活泼了起来。童年里，外奶崽和他的大猪公，就曾带给我们一场场视觉的盛宴，以及放肆大笑的快乐。

大猪公并不立即赶到猪栏去交配，它一路辛苦走来，饥饿疲乏，主人家会舀了好潲倒入木盆给它喂食。还要倒入几碗饭，添加酒糟，或者红薯烧酒，让它增加营养和力气。此外，一顿好酒饭招待猪郎倌外奶崽，也是必须的。

待外奶崽酒足饭饱，大猪公也恢复了精气神，眼珠子发红。在众人的围观下，外奶崽赶着大猪公一同进入了猪栏。狭小的猪栏里，顿时传出大母猪惊恐的叫声，又好像在转圈追逐，挣扎逃避。

一阵慌乱和骚动之后，外奶崽和它的大猪公退了出来，肮脏的大猪公显得有些精疲力竭，外奶崽干瘦的脸上，则挂着莫可名状的笑容。这个时候，就会有人打趣他："外奶崽，是你双手扶着趴上去的吧，哈哈……"在嘈杂愉快的氛围里，外奶崽并不太理会这些司空见惯的调笑。他接过主人家给付的工钱，又赶着那一摇一晃的大猪公，慢慢悠悠，走出了村庄的小巷子，走上回家的乡间小路。

外奶崽是哪一年不再赶猪公的，我不甚清楚。据说是有一回，他和他的大猪公上岭下坡，走了长长的山路回来，在他村庄附近的一个山窝里，那大猪公突然发起了狂，追着他一路猛跑。外奶崽跑进家里，那猪公也跟着追了进去，吓得他连忙往楼梯上爬，不料一脚踏空竟然重重摔了下来，折了腿。自那以后，外奶崽不敢赶猪公了。那头子孙无数的大猪公，最终是被他易手他人了呢，还是宰杀卖肉了呢，已不可知。

  我上初中和高中的时候，学校离家远，是在学校住宿。每周上学和放假，往返要从龙形上经过，已然少有碰见外奶崽了。乡间的小路上，偶然遇着赶猪公的猪郎倌，已是陌生的面孔。不过于我而言，给予我懵懂童年诸多放肆欢笑和愉快回忆的，还是外奶崽，那个如此低微厚道，又孑然一身被人取乐的猪郎倌。

厨子

红白酒宴卜的十大碗,曾为无数乡人所津津乐道。

旧时的故乡,但凡做大酒席,主家会根据自身的经济能力,通常会选择不同的档次:银鱼席、墨鱼席、海参席。银鱼席最经济,海参席最丰盛。故乡地处内陆偏僻山区,远离大海,而这些酒席却都是以珍贵的海味命名,听起来就显得尊贵而美好!

事实上,在二十世纪八九十年代,故乡人家做酒席,罕有兴海参席的。我们当地的乡村名厨库金老师曾说,他做正厨的二十多年间,

046

唯一做过的海参席，是我们村的兽医仁生家娶大儿媳的那次，而且那碗招牌菜也是以鱼翅代替海参，并没有用到真正的海参。就我个人的亲历而言，虽然从童年起就经常耳闻这些美好的酒席名称，但直至我青年时代，也没见过真正的银鱼和海参。只有墨鱼，偶尔在酒席场中能够吃到。

银鱼席盛行于二十世纪七十年代，那时还在大集体时期，故乡人家普遍经济贫困。银鱼席的十大碗，通常以素菜为主。第一碗必然是烩菜，白菜丝、萝卜丝、豆芽、粉丝、豆腐丝之类的大杂烩，面上盖一点小肠丝或蛋花丝代表银鱼，吃酒席的人一看，就知道是银鱼席。银鱼席仅有三个荤菜：一道大肉，我们俗称庞屯（方言读音，一种油炸的方正大肉），一道油炸肉丸子，一道油炸草鱼。第六道菜上大肉，第九道菜上丸子，最后一道草鱼是圆席菜。

进入二十世纪八十年代，随着分田到户，农村百业兴旺，经济逐渐向好，烧砖窑、建新房的人家日益增多。这时候的故乡，酒宴便多了起来，除了传统的讨亲酒（娶媳妇或嫁女的喜酒）和白事酒，又增添了烧窑酒和新房落成的落成酒。酒席的档次，则以墨鱼席为主。

墨鱼席同样是十大碗，相比银鱼席，多了几道鸡、鸭、猪肚之类的荤菜，更体面，更丰盛了。第一道招牌菜，便是墨鱼瘦肉汤。我对其中一道名为"蒸三厢"的好菜，至今印象深刻：堆得那么老高的一大碗，是大块的肉、鱼、翻皮豆腐混蒸的，上面覆盖着一层切成叶片状的蛋花卷片，香气浓郁，好看又好吃！

047

在我们村，大凡办大酒席，都是放在黄氏宗祠，这里有上中下三个厅和两个大天井，场面宽阔，单独一个中厅就能摆下二三十桌，无论多大的酒席，这里都足够容纳得下。厨房与宗祠一巷之隔，是我儿时上学的一间旧教室。在这间厨房里，本村的孝端、志雄和邻村的庠金等人，经常被邀请作为正厨，操持一场场酒宴。他们的厨艺，主导了一方乡土的独特口味，赢得了广泛赞誉。这之中，作为乡间厨子，庠金在故乡一带，又是最知名的。

庠金是上羊乌村人，上羊乌村与我们村相隔二三里，在大集体时代，同属于羊乌大队。就血缘而言，上羊乌村的祖先出自我们村，因此，两村同姓同宗，只是上羊乌村人的辈分，普遍要比我们村的辈分低。庠金个子高大，早年高中毕业后，回大队当了民办老师，曾在我们村小任教过几年，是我二姐和三姐的老师。他吹拉弹唱样样会，又懂医，又会杀猪，为人正直，是地方上有名望的人士。

庠金学做厨子，是从学杀猪开始的，这也是每一个乡村正厨的必备技艺。他年轻时，父亲既是村里的屠户，又是厨子。有一次，父亲让他来杀一头猪试试。按照父亲的指点，人高胆大的庠金捏住猪耳朵，拉开架势，与父亲合力将大猪按压在长凳上，随后操起碗盆里的尖刀，捅进了猪脖子。自此，庠金子承父业，在当民办老师的同时，也成了一名屠户。之后，父亲又引导他学做厨子，也渐渐上了路，不到三十岁，就成了村里的一名正厨。

在故乡，厨子分为菜厨和饭厨。菜厨又分正厨、副厨和帮厨。某

048

一户人家如果需要办一场大酒席，或是娶媳妇，或是嫁女，或是烧窑，或是建房，或是丧事，权衡再三后，会选邀一名正厨。正厨定下后，正厨会选定两名平素合得来的副厨。帮厨则在本村与主家关系亲近的人中挑选，三五个或七八个，按酒席的大小而定，主要是负责洗菜、切菜、打菜、洗碗等事务。饭厨两三人负责做饭和泡茶水，一般也是从主家亲属中选择。

正厨责任重大，首先就表现在开菜单上。那时候，不同的酒宴，从开始到结束，前后所需的时间不同，席面也有杂席和正席之别。所谓杂席，就是平素每餐吃饭的酒席；所谓正席，就是最隆重的那场酒宴。正席的菜品和档次，明显要比杂席丰盛。比如烧窑的酒席，通常要办两天，建新房和办丧事，则一般要办个三天的酒宴。这几天里，每天做事吃饭的人有多少？开多少桌杂席？正席的那一场酒宴，沾亲带故要邀请的人更多了，开正席多少桌？是银鱼席、墨鱼席还是海参席？这前前后后几天时间，需要多少肉？要杀几头猪？要购买哪些菜？购买多少？需要多少酒？多少米？多少油盐酱醋？多少葱蒜姜芹？……这所有的一切，正厨都要与主家沟通算计好，一笔开列所需购买的食材清单，安排人员，在逢圩的日子，一次采办妥帖，用箩筐挑回来。如何让这些食材各尽其用，将几天的酒席办下来，又不浪费，考验着正厨的经验和良心，也检验着正厨在乡间的口碑。有的正厨开菜单，下笔铺张，少了体恤之心，尤其是在盛夏天气，造成一大盆一大盆的剩菜倒掉，甚至有的食材还剩余太多没使用，看着让人心痛！

庄稼人

厨子

做好每一场酒宴,不负主家的重托,让客人们吃得满意,是庠金作为一名乡村厨牛的心愿。

051

这几天,正厨的心思总是围绕着酒席转,没日没夜。主家要杀猪,由他来宰杀分割。厨房里的几个临时大砖灶,他往往要亲自砌才放心,砌多大多高,能容纳多少斤块子炭,怎样砌才能让炭火烧得旺,他心里有谱。整个厨房的运转,诸如菜品的烹饪方式,花样的制作,食材切的方式,等等,事无巨细,要他来安排。如何让这几天的食材分配使用好,他要规划妥当。乃至什么时候添炭生火,什么时候做饭,什么时候炒菜,什么时候上菜……他都要考虑周密。每餐的杂席多少桌,做些什么菜品,他要向副厨交代清楚。待到正席这一场最盛大隆重的酒宴,正厨还要亲自掌勺煮菜。

庠金说:"一场酒宴做下来,厨子是十分辛苦的,有时即便面前摆上一桌好菜,也常没了胃口,吃不下。"不过,做好每一场酒宴,不负主家的重托,让客人们吃得满意,是庠金作为一名乡村厨子的心愿。

往日的故乡,是一个典型的人情社会,亲帮亲,邻帮邻,做厨子也是没有金钱报酬的。不过,约定俗成,在酒宴结束之后,正厨、副厨和为首的饭厨,会各得一只猪脚,厨房里的其他人,会各分得一两只鸡腿或鸭腿,这些东西都是事先预留下来的,作为主家对他们几天辛苦的谢礼。

小店主

旧村的代销店自国美始,到隆业终。

国美是我儿时同学志军的父亲,那时他正值中年,在生产队负责抽水。抽水机房是一间单独的小瓦房,与我们村一江之隔,在对面山脚下的稻田边。机房后面,沿着陡峭山坡架设了一条长长的铁管,一直伸到山腰公路边的水渠。房前则是一口深水池塘,一条水圳从江流上游引水而来,流入池塘。这池塘的水,主要是用来灌溉山坡上那一片新开垦的稻田。新开稻田地势高,只能抽水至公路旁的水渠,

053

再分流至每一块黄泥巴稻田。因此，在耕种季节，这抽水机房差不多每天都要抽水灌溉。

抽水机房里，还安装了一台碾米机，平日里，国美在机房抽水的时候，会陆续有村人挑了稻谷，过了木桥，来这里碾米。国美忠厚老实，说话细声细气，颇少言语。他的儿子志军性格更腼腆，见人说话就脸红，急急巴巴。

生产队解体后，抽水机房也随之废弃了，山坡上的稻田成了旱土。国美头脑灵光，很快买了一台手扶拖拉机，给人拉煤炭跑运输。二十世纪八十年代，故乡一带的村庄兴起建新瓦房的热潮，差不多所有建房的人家，都会雇请人工打砖、做瓦、烧窑。烧砖瓦窑离不开煤炭，而我们村离最近的煤矿，也有差不多二十里路远，这样，请国美拉煤炭就再自然不过了。通常，他一大早就开了手扶拖拉机，"突突突突"从村里出发，到中午时分，就拉了满满一车煤炭回来了，很是方便。

手扶拖拉机的头就像一个大蜻蜓脑袋，是个黑乎乎的铁疙瘩，前面有一个圆孔，像个嘴巴，发动时，需要将"Z"字形铁摇手塞进去，俯首翘臀，用力快速转动摇手，才能发动起来，"突突突突"，黑烟直冒。驾驶手扶拖拉机，要手力大、胆大，尤其下雨时，黄土公路泥泞不堪，容易打滑翻车。有一回，国美就是在这样的天气里，开着他的手扶拖拉机回村时，在距离我们村庄两三里的地方，连人带车翻下了陡坡。这一次，他被送进了医院，侥幸捡了一条命。待看见他出院回村时，一条腿已然瘸了，据说肋骨也断了好几根，从此做不得重活了。

054

    国美的家，在村后古樟树下，是一栋单家独户的瓦房，屋前有一个高坎，砌了青石台阶。他有两儿两女，我的同学志军是家中老二，上面有一个姐姐日梅。在国美下不了田地干活的那些日子，他们一家的农活，就主要靠他的老婆和日梅、志军做了。也不知从哪一天开始，国美在家清理出一间房子，添置了几个木柜木架，办了个代销店，卖糖、饼、烟、酒、油盐、火柴、肥皂、牙刷、牙膏、洗衣粉之类日常用品，还买了一台手摇补鞋机子，在家给人补鞋。这在村里，实在是一件新鲜事。以前村里人买日用品，要么赶圩场，要么到江对岸的油市塘供销社。现在国美开了代销店，村里人要买东西，尤其是临时急用的，就方便多了，若价钱公道，实在不必舍近求远。因此，到他家去买东西的人，也是不少。有的日子，我母亲也去他家买点日用品，或者拿几双旧套鞋给国美补。他的女儿日梅和儿子志军负责进货，那时我在上中学，路上曾多次碰到他们姐弟两人，在炎炎烈日下，戴着草帽，用箩筐挑着货品，沿着公路自村外而来。据说，他们进货要去马田圩，那是一个通火车的大镇，那样的话，往返一趟，要走五六十里路程。

    国美的经济头脑，也促发了村里其他人开店和补鞋。随后几年，平和家、井隆家、隆业家，陆续办起了代销店，散布在村庄各处。二和则买了补鞋机子，村里村外专门补鞋。村里一下增加了好几家代销店，形成了竞争格局。

    平和家是新建的瓦房，那时他还很年轻，住在村北，靠近山边。

055

平和是顶职的公办老师，他老婆娘家是本乡做豆油的世家，平时也经常从娘家挑了豆油在我们村里卖，那时他家算得上是经济宽裕人家，最早买了黑白电视机，这还是他媳妇的嫁妆。每当夜晚，很多人来他家看电视。尤其是夏夜，他家会把电视机搬到屋外坪地上，放置于一张饭桌上，前面摆满了一排排的长凳和矮凳，来看的人更多了，或坐或站，宛若看露天电影的场景，当时还播放过一部精彩火热的武打港片《再向虎山行》，我至今印象深刻。而平和的老婆又是个热情和善的人，无疑更增添了人气，所以他家顺便办起了代销店，卖一些简单的日用品和零食。我也曾来他家买过豆油和盐之类的东西，货品显然没有国美家多，毕竟，他家的位置，在村里还是比较偏的。

隆业家的代销店，更是占据了位置优势，店子开在村前朝门口附近的水圳边，原是他家一间单独的杂房，前临石板路和村前大池塘，视野开阔。这里是村里人往来必经之地，更是闲人们爱聚集聊天的地方。隆业又在门口搭建了一个大棚架，石板路从棚架下穿过，棚架上盖了薄膜雨布这样的东西，天晴不晒，下雨不淋。他又搬了宽板长凳，常年靠墙外摆放，供人闲坐，还放了一张小桌子，供人坐棚架下打牌。甚至村里的屠户常节眯眼，也在他棚架下摆了一张案桌卖肉。于是，隆业的代销店成为村里人气最旺的地方。

隆业个子瘦小，是个老高中生。照村里人的说法，他是个爱做活事的人，犁田扛耙不在行。他毛笔字写得好，是村人公认的。因为这缘故，村里有白喜事，礼生班子必定有他。在我的记忆里，隆业为人和气，说话也是轻言细语。他比我长一辈，我平时叫他满满，也就是叔叔的意思。

那些年里，乡村开代销店成风，无论大小村庄，差不多都有代销店。大的村庄，比如我们村，就有好几个。小的村庄，比如与我们村一江之隔的油市塘，也长期有嫦娥家的代销店，何况那里还有国营供销社。这固然给村人带来了便利，却也让这些小店主的生意愈发难做了。就我们村的几个代销店而言，同样的物品，谁家的便宜一点，谁家的贵一点，大家都清清楚楚。稍贵一点的店子，人气自然就会越来越低落，渐渐办不下去了。

我参加工作几年后，国美家与平和家的代销店已经没办了。井隆家的代销店也基本上没几个人光顾，快支撑不下去了。人们最常去买东西，最爱去闲坐的地方，还是隆业的代销店。我每次回村，必定从隆业店门前走过，每次都会遇上许多人，或在打牌，或在聊天。见我回村，他们远远就笑着跟我打招呼，我走近了，也一一跟他们打招呼，按辈分称呼他们，并从口袋里掏出香烟，一一发放。尽管我不抽烟，但我回村时，一般总要买一两包好烟放身边。发过烟后，我径直沿着石板路回我家，他们则继续打牌的打牌，聊天的聊天。有时，我也来隆业店子里买点东西，他客气又亲热地握着我的手，问长问短，又说我有出息，把我一顿夸奖。

十多年前，武广高铁修建，我们村庄成了沿线的最大拆迁安置点。村里大多数房子都拆掉了，包括我家在二十世纪八十年代建的那栋新瓦房。拆迁的一百多户，易地到江对岸的新址兴建新村。从此，故乡的村庄一分为二，一为新村，一为旧村，隔江相望。

拆迁后的旧村，空空荡荡的，尤其是村前朝门口一带，原本是人气最旺的地方，现在只剩下寥寥几栋青砖黑瓦的旧屋，包括隆业的代销店。店门口那条青石板路，也成了断头路，水圳干枯废弃，不见往日清水满圳的景象了。隆业年事渐高，据说头脑有点迷糊了，腿脚也出了点毛病，他和老伴依然吃住在代销店，但店里的旧货架上，已经蒙上了灰尘，没有了货物，也不再有村人来头东西了。那棚架下的长凳，除了附近几个老者，也少有人来闲坐了。

倒是新村那边，一律是崭新漂亮的小楼房，水泥道路纵横交错，绿树成荫，广场宽阔，与城镇住宅小区无异，又紧临公路和学校，便有几户人家争相开办了小超市，货品琳琅满目。

木匠 黄庚山◎序承◎砌匠 井隆叔◎苔匠 黄善词◎篾匠 邓冠芳等

豆油匠 刘绍云◎陶匠 邓常平◎阉

猪匠 仁生◎纸木匠 如喜

第二辑

制百器

木匠

旧时的故乡，建房屋，做家具，都离不开木匠。大体而言，作为掌握一门独特技能的手艺人，木匠都有师承关系。就拿我们八公分村来说，我的伯父仕成，曾是有名的木匠师傅。他在本村带出的徒弟是孝健。我的伯父去世早，之后，孝健又在本村带出了两个徒弟贱仁和隆良。几十年来，他们走村串户，用自己的手艺制作了一件件木器，提供了家家户户日常生产生活所需。

不过，在距离我们村庄四五里的一个小村黄家寨，也有一名另类的木匠,他是盲人,既无师承,也鲜有人邀请他制作木器。因此,他大半辈子几乎没有离开过那个偏僻的小村。他的名字极少为外人所知,我也是十多年前,在报社做记者的时候,才偶然得知,在僻壤瓦檐之下,竟然还有这样一个木匠,不由得惊讶又敬佩!

黄家寨我是知道的,山深林密,盛产油茶。小时候,那里还有我们生产队的油茶岭,我跟随父母和姐姐到那边摘过油茶果。听父母说,这个黄家寨,祖上是从我们村搬来守护山岭田园的,一些人家与我们村里的人现在还有亲戚关系。因此,但凡我们村里的人来这边做事,或路过,想要喝个茶、借个宿、寄存个东西……这里的人都十分热情,对我们村里的年长者莫不是以辈分相称。

我再次来到这个小村,已是中年,那是临近元旦节的一天。比起童年和少年时代的印象,这个小村已显得破落空荡,少有人气。我在村前看到一个担水的老人,一问,还真有一个会做木工的盲人,名叫黄庚山。在担水老人的指引下,一阵转弯抹角之后,我到了一栋黑瓦青砖的旧房门口。看到有陌生人到来,光线幽暗的屋子里,一个左眼失明的老妪招呼我进屋坐,原来她就是黄庚山的妻子雷友彩。这时,一个身材佝偻、穿着木板鞋的老头,摸索着从里间走了出来。雷友彩说,这是她的老伴黄庚山,又盲又聋,口齿不清。

这样一个盲老头是木匠?我不免生了疑惑。雷友彩见状,笑了起来,说老伴确实会做木工,而且做得很好,家里的饭桌、床架、柜子等木器全是老伴做的。在她近乎大喊一般的说话中,黄庚山似乎心有所悟，笑着引导我来到几步开外的一间新房屋，双手摸着玻璃窗，大声说："这些窗户都是我做的，窗扇也是我一个人安装的。"看到这些做工精细的窗户，真无法想象是出自一个盲人之手。

在老两口的灶屋里，雷友彩指着黑洞洞的里间说，这就是老伴的木工房。我走进里间，一团漆黑，伸手不见五指，想去开电灯。她呵呵一笑："这屋里没有电灯，他做木工就是一个人在这里弄，灯光对他没用。"

当黄庚山听明白我要他现场做一下木工活，便乐滋滋地摸索着，从楼上拿来了一根圆杉木，就干了起来。为了拍照，我不得不打开闪光灯。借着灯光，我看到，这个漆黑的木工房里，很规整地放着各种加工过的木料，在一条木工长凳下，有一堆卷成圈的刨木皮。一阵锯、刨、凿之后，黄庚山走出了木工房，手里拿着一截方木条，四方平整，有凹槽凸楔，笑盈盈地大声说："就做了这个！"

听说村里来了记者，还是八公分村的，住在附近的黄孝俊和其他几位老人也来了。黄孝俊是黄庚山的大哥，谈起黄庚山失明的缘由，他叹息了一声，说："那都是因为小时候被打的。"

黄庚山十二岁那年，有一天与村里一个同龄伙伴因玩耍而打架，那伙伴打输了，就跑回家里向父亲哭诉。那人的父亲大怒，立时就找上门来，先用手捂住黄庚山的右耳，狠狠扇左耳光，然后，又捂住他的左耳，狠狠扇右耳光。"当时，两边脸上布满手指印，肿了几天。"黄孝俊说。之后，黄庚山一直喊头痛，双眼流泪。到医院检查，双耳鼓膜穿孔，从两只耳朵里掏出了很多黑淤血。

自此以后，黄庚山的听力和视力每况愈下，到一九七八年双目完全失明，当时，他刚满二十八岁。

不过，在穷乡僻壤，一个男青年双目失明，竟然还有了婚姻，这让我也颇为不解。

雷友彩告诉我，她是一九七四年经说媒嫁给黄庚山的。当时，她已知道黄庚山眼睛只有微弱的视力，耳聋，又口齿不清，而自己也有一只眼睛自小就失明，担心两人以后无法谋生，就不愿意嫁过来。但父亲劝她，找个长相差不多的为人好的。加上两家都是贫农，阶级成分好，他们就结婚了。婚后，这对只有一只好眼睛的贫贱夫妻，先后生育了两男一女。"自从分田到户以来，他就再没干过田土里的活，五口人吃饭全靠我一个人做事。"说起这些过往，这个乡村老妪言语平静。

因为家贫，黄庚山只上过三年学，但他从小就对做木工很感兴趣。当时，村里有一个老木匠，每当木匠做木工活的时候，他总会跑去看，看到一根根木头变戏法似的成了一件件家具，他也想试一试。有一天，黄庚山向木匠要了一个刨子来学做矮凳，因没钱买凿子，就找来一截铁质桶箍，磨尖当凿使。几天后，一条矮凳还真的做成了。"那时我还不满十五岁！"回忆起这少年往事，黄庚山非常高兴。之后，他做木工的热情高涨，又为家里做了水桶等木器。

"我从来没有正式跟师傅学过做木工，只要我看一下木器，我就能做出来。"黄庚山说，在他完全失明之前，他会做农村里的各种木工活，还会刻章，搞石雕。

　　二十八岁双目完全失明后，为了能继续做木工活，黄庚山设想制作了一个特别的小工具。"就是这个比子。"说着，他从口袋里掏了出来，递给我看。这是一个用硬杂木做成的长方体小玩意儿，两端分成方向和尺寸不同的小阶梯。"有了这个，我就能做出各种不同的木器。"黄庚山解释，他的工具只有刨子、凿子、锤子、柴刀、锯、车钻和这个"比子"，没有规尺和墨斗墨线，因那两样对他没用，他看不见。三十多年来，他就是凭借这几样简陋的工具，在这间黑漆漆的木工房里，做出了各种各样的木器。有的木器，由儿女拿到圩场去卖，为家里换点微薄的收入。

　　"他做的木柜，一把锁能锁住五条门。"老伴雷友彩乐呵呵地说，一面带着我看一个木柜。这是一张已有些年头的红漆书桌，上面一排有三个抽屉，下面两边各一个小柜子，然而只有中间那个抽屉安装了一把锁，就全都锁住了。黄庚山笑着说，他在里面用铁丝做了机关，只要是单数的门，不管是五条，还是七条、九条、十一条，他都能用一把锁就锁住，且只有他传授了开锁方法后才能打开，否则，给你钥匙也白搭。我一试，果然如此。

　　除了给家里制作木器，黄庚山还用竹木做过很多智力小玩具，给孩子们玩耍，常常让全村的人都震惊不已。

　　"他实在聪明，真是个难得的人才，只是双目失明，可惜了！"几位老村邻不约而同地评说着，感叹我眼前这位满脸皱纹的盲人老木匠。

木匠

三十多年来,他就是凭借这几样简陋的工具,在这间黑漆漆的木工房里,做出了各种各样的木器。

棕匠

我没有想到,在西河边的一个码头,竟然会与一位老棕匠不期而遇。

湘南的春季依然还是从前的模样,多雨少晴,草木葱茏。趁着难得的晴好天,我和红丽、周周一行去西河边的郊野踏春。近些年来,位于湘阴渡镇的堡口因交通便捷,又临西河,且一河之隔就是小镇,兴修了旅游设施,做起了乡村游,成了时下永兴县域内的一个周末郊游打卡点。这里河水宽阔,游道蜿蜒,有果木繁花,荷叶田田,空气里浸润着春天的芳香。临河的游道旁，是井然的新农舍，精致漂亮。我们到这里时，游人并不多，花香鸟鸣，十分宁静。

我们沿着河边，观赏着这美好景致。突然，我看见前方竹林掩映的河岸码头下，有一位老人正俯身站在河水里，双手拿着一张黑乎乎的东西，不时按进水里，又随即拖出来，甩动几下，河面洒落一串串水花。在他身旁的台阶上，分明放着几堆棕毛。我顿有所悟，这是一个洗棕的老人，说不定还是一位棕匠呢！自从青年时代走出故乡，辗转城市谋生，二三十年来，我还是第一次看到洗棕，心中一阵惊喜，当即就快步走下了码头。

"老师傅，洗棕啊！"我一面笑着打招呼，一面往下走。听到我的声音，老人抬起了身子，也露出了友善的笑容，答复我说："是的，洗棕呢！"

我掏出手机，拍了几张老人洗棕的照片。周周他们也走了下来，对于久居城市、缺少农村生活经验的人来说，这样的场面是足够新鲜而有吸引力的。何况在老人洗棕的时候，近旁水面的小鱼儿跳跃得更欢快！甚至令我也看得出神了。我知道，这是因为棕毛里有植物灰尘和杂质，漂洗到水里，引来了小鱼儿觅食。

我索性坐在一旁的石条上，一面看老人洗棕，一面与他不时聊上几句。头上蓝空如洗，树荫覆盖，眼前河水汤汤，白鹭翩翩而飞，此景此情，也把我的思绪带到了遥远的童年和少年时代。

棕树，是我自儿时起，就尤其喜爱的一种树木，圆而笔直的光裸树干，顶端是一蓬乱糟糟的棕毛，从棕毛间伸展出许多枝如扇的长柄大叶，青翠欲滴。我们小时候打自制的木陀螺，就是用了这长叶做棕鞭。

那时候，真可谓"四海无闲田"，农耕的故乡生气勃勃、六畜兴旺。在农人的日常生活中，处处都要与棕制品打交道，最常见的，自然要算棕绳和蓑衣。棕绳用途广泛，挑水桶、挑粪桶、挑筛子，离不开一根竹扁担，扁担的两端系着几股棕绳，下面套了铁钩，这种扁担，我们俗称钩担，家家户户天天都要用到；挑谷、挑米、挑炭的大小箩筐，无不系着长长的棕绳……蓑衣，则是下雨天干活的必备雨具，尤其是早稻春插时节，雨水丰沛，晴天少，下田干活的农人，都是头戴斗笠，身上披一件厚重的蓑衣。我年少时，跟随父母和姐姐在雨天扯秧、插田，也是这么一身装束。

在故乡，那时有名的棕匠是邻村的序承。他有一个外号，叫序承癞子，缘于头上留下的几处癞疤。别看序承其貌不扬，搓棕绳、缝蓑衣、编棕垫，却是一把好手，许多人家都请他上门来做过活。

序承的手艺是跟着他岳父刘师傅学的。刘师傅是邻乡人，挨着油市圩。许多日子，刘师傅带着工具，走村串户，常来我们这一带做棕活，这样就认识了上羊乌村的序承，并将女儿嫁给了他。序承年轻时跟岳父外出做工，还留下了一则师傅教训徒弟的逸闻。说是有一次，他们到偏僻小村东冲头织蓑衣，中午吃饭的时候，东家煎了两个鸡蛋炒辣椒。那时农家普遍穷，煎鸡蛋招待棕匠师傅，已是难得的好菜。

序承手快，一把就将鸡蛋都夹到了自己碗里。他岳父见状，责备他说："哪这样不懂事！"事后，岳父告诫他，手艺人到外面做事，人家是出了工钱的，吃饭夹菜，不要随着自己的口欲来，要有节制，你都把好菜吃了，人家一家子吃什么？别人嘴上不说，心里也会不高兴，传出去，名声就坏了，人家就不会找我们做手艺了。手艺人，要多做事，把艺做好，多为东家着想。

岳父兼师傅的言传身教，令序承成了一名出色的棕匠。他岳父去世后，在我们周边一带的村庄，许多人家要添置新蓑衣或者棕垫，都是邀请他上门来做。相比从圩场买来现成的蓑衣和棕垫，自家请棕匠上门来做，虽然要搭上酒饭招待，但材料和手工，却是在自己眼皮底下看着，真真确确，更让人放心。

我曾看过序承给邻居家做蓑衣，那是一个复杂而缓慢的过程。先要将一张张棕毛，在铁齿耙上不断拉扯，拉出一根根干净的棕毛丝，蓬蓬松松的，在地上积聚了一大堆。而后，他坐在矮凳上，左手指尖捏着一撮棕毛丝，右手拿一个小转子，不停地摇转，那一撮棕毛丝就在转动中，搓成了一根细小匀称的棕绳，在转子上越缠越多。等搓好了足够的细棕绳，才缝制蓑衣。缝蓑衣时，他把梳理干净的干棕片，摆放在一张八仙桌上，先从领口做起，而后手持大针，穿上棕绳，在棕片上一针一针缝制，慢慢地，最终缝成一件崭新结实的新蓑衣，如同一只巨大的棕黄蝴蝶。

在生产方式以农耕为主的时代，湘南一带的蓑衣，形状大体相同。

071

每个地方，都有棕匠。一个棕匠安身立命的活动范围，基本上是他家乡周边一带的村庄和附近的几个圩场。二十世纪九十年代以后，随着工业化和城镇化的兴起，农民进城务工成了一种趋势，农田抛荒现象越来越严重，昔日种植双季稻和"四海无闲田"的生动景象已然不再。而尼龙绳和塑料雨披的普及，又以不可阻挡之势，迅速将棕匠的手艺变得无用。可以预见，没有了用途，再好的手艺，也必将消亡。

早在很多年前，就听说故乡的老棕匠序承已经去世了。而我眼前，与我故乡仅仅相隔几十里的西河边，这位洗棕的老棕匠李师傅也已经七十五岁了。他说，他早就不再做蓑衣了，没人要。他目前做的棕制品，主要是抬棺材用的大棕索，这种棕索有手腕般粗，牢固结实，又防滑，在乡村暂时还是尼龙绳所不能取代的。不过，这种大棕索，也需有村庄预定了才会做。他这次洗的棕毛，就是用来做大棕索的。

老人洗完棕，一担挑着，一步一步缓缓走上了码头。

望着他老态龙钟的吃力模样，我分明已看到了这种传统老手艺的暗淡未来。

砌匠

据说，井隆叔是村里最胆大的人，连鬼都怕他！

我很小的时候，井隆一家住在村前朝门口附近一间逼仄的老房子里。那时，他正年富力强。村前的朝门口，常年立着几方给青壮年比试臂力的硕石，最重的据说有三百斤，大青石的，标准的长方体，表面已被人磨蹭得乌黑光亮。井隆拉开马步，一双前臂夹紧这最重的硕石，猛然一提，就能抱着它移动丈把远。

他的胆大更是令人咋舌。我的记忆中，他是村里最早建新房的人之一，但房址的选择却出乎所有人的意料，竟然选在村北宗祠附近的老坟岗。这里与宗祠隔着几丘水田，一条水圳从坟岗脚下蜿蜒流过，远离了村人的聚居地。坟岗上，密密麻麻立着历年老坟，断碑残石众多，村中小孩往往不敢去那地方，怕得很。他在这建房的举动，自然超出了常人的理解，有一段时间，村里人莫不议论纷纷，有人甚至暗暗为他担忧。但显然，作为砌匠的井隆，并没有被这些议论和担忧吓住。他独自一人，整日在那挖墓平坟，硬是开出了一块宽阔平整的宅基地来。

他是村里的砌匠，建他自家的房屋时，整个一层的砖墙竟然是他独自一人砌筑好的，等到安屋梁时，才请了帮手。不久，一栋二层的新瓦房建了起来，井隆领着他的老婆孩子搬进了新居。后来，他又在屋旁开拓了更宽的场地，建了猪栏、牛栏和杂房，打了禾场，养了鸡鸭，在屋前屋旁栽了柏树、苦楝、桃树、柳树、芭蕉等诸多树木和花草，环境完全变了模样。

分田到户后，村庄掀起了建房的热潮。原本单家独院住在村北的井隆一家，很快就有了众多新邻居。那些在生产队时期，曾是旱土、水田和林地的广大区域，都建了大片新瓦房。只是没有任何一家的场地有井隆家这么宽阔，且无遮挡，令人不得不佩服他那砌匠的眼光。

在村里，井隆和金德曾是两个手艺不错的砌匠，他们有一个共同的师傅，是衡州古。衡州古姓何，具体叫什么名字，我不知道。他是衡阳人，很多年前靠砌匠手艺四处谋生，之后来到我们这一带乡村作艺落脚。曾有好些年，何师傅与井隆的父亲交情好，就长住在井隆家里。井隆从十六岁开始，就师从何师傅当学徒。我少年时，衡州古已是老者，他个子高大。这时候，村里的砌匠，几乎都是他的徒子徒孙。我家建新瓦房那年冬天，因急于要赶在春节前乔迁，粉刷内墙时，还邀请了何师傅。

那时候，村里人家建新瓦房，一般是首先委托一个牵头的砌匠师傅，俗称承头师，意为领头人，由他负责召集砌匠。当时的乡俗，建房盛行帮工，主家只需按工日付给砌匠和木匠工钱，至于那些挑砖、挑水、和泥沙等一任打杂的小工，是不需要付工钱的，完全属于帮忙的人情工。井隆和金德，两人性格迥异，金德沉默温和，井隆脾气火暴。因此，在村里他们自立门派，各自带徒。两人经常作为承头师，各自带着一帮工匠，应邀在村里村外建房子。

村里人建房，向来颇有讲究。就拿我家一九八二年冬建的那栋新瓦房来说，划地基定房屋朝向时，要选择吉时；开挖好基槽，在房屋四角放下第一块基础青石块时，不但要选吉时，还要由砌匠师傅用红布包了盐茶米三样东西，各压在四角石块之下，据说是为了辟邪。此外，竖大门也要选择吉时，并且时辰必定是在子夜后，凌晨天未亮之前。所有这些前期工作办好之后，便开始砌墙建房。

在故乡，建一栋新瓦房，一般三四天即可竣工。承头师带着几名砌匠，各砌一面墙。这时候，谁的墙体砌得好，砌得平整，灰缝整齐，墙面干净，一目了然，检验着每个砌匠的技艺高低。井隆脾气急躁，

砌匠

作为砌匠的井隆、并没有被这些议论和担忧吓住。他独自一人，整日在那掩墓平坟，硬是开出了一块宽阔平整的宅基地来。

这个时候，若是手下的徒弟砌得不好，常会挨他严厉责骂。

当房屋主体落成，在斜坡样的房顶安上了栋梁，一种独特的落成仪式随即举行。所有砌匠和木匠都上到房顶，小心站立，新房屋的前面，早已站满了围观的人群。领头的砌匠师傅在楼顶放了长长的鞭炮之后，开始唱段："手拿金砖九寸长，拿起金砖造楼房。楼房前面写大字，荣华富贵万年长。"砌匠师傅唱罢，领头的木匠师傅接着唱起来，诸如："一进门来二进厅，鲁班师傅造得真。左边造个左丞相，右边造个宰相堂。"唱段此起彼伏，一段接着一段，围观的众人听得喜笑颜开。等到唱段结束，所有砌匠和木匠，把手里事先端着的茶盘里的糖饼花生，往各间屋子撒去，顿时人群涌动，纷纷跑进新房屋里去捡拾，人气兴旺，好不热闹。

落成仪式之后的房屋，接下来，就是钉椽子、盖屋瓦，做一些内墙和外墙的粉刷和装饰。井隆擅长堆屋垛塑龙，造型栩栩如生。那时故乡经济状况较好的人家，还会要求砌匠师傅在新瓦房的屋檐和窗檐下的粉墙上，画上花鸟、祥云、人物图案，写上毛笔字。看起来，就更漂亮了。

除了作为砌匠师傅，经常被村里村外的人家邀请去建房，井隆还是一个特别勤劳的人，又有一身好力气，犁田、挖土、挑担子，样样都是好手。好些年，他一家五口的小日子过得很是殷实。

我在湖南省建筑学校读中专时，我们村的新学校动工兴建。学校建在与我们村一江之隔的一片园土上，临近公路，旁边就是小村油市

078

塘。这里自古以来就是一处交通要冲，周边村庄的孩子来上学都有路可达，很是方便。负责建学校的砌匠师傅，自然是井隆、金德、德衡、孝远这一班人。暑假期间，他们还特地叫了我去，为学校设计了大门的样式。

谁能料到，仅仅几个月后，一场突然而至的意外事故，让井隆后半生再做不了砌匠。当他从医院回村时，他的整条左手臂不见了，只剩空落落的长衣袖。

曾有一阵，村里有一种议论在悄悄地流传，有人说，他出事，可能是因为他冒犯了鬼神。许多人由此联想到他那屋场，那里原是一片老坟岗，是他擅自平了那么多坟，挖了那么多骨骸，让那么多在地下安息的先人，都成了孤魂野鬼。不过，这些都是无稽之谈，时间一久，就从乡人嘴边消失了。

自那以后，井隆叔就没再干过砌匠了。出于忌讳，建新房的人家也不再邀请他去当承头师。为谋生，井隆叔依然还是那么勤劳地干着田里、土里、山上的农活，但性情已大变，轻易不爱搭理人。

我中专毕业后，参加了工作，待在家乡的时间日渐少了。每次回村，我都是过老拱桥，走村北那条进村路。这样，在临近宗祠边的一个拐角处，总要经过井隆叔的家，那栋一半砖瓦一半平顶的大房子。井隆叔常会突兀地出现在我的面前，或者扛着锄头去田间，或者牵着一头牛刚回来，或者单手推着板车。他常年穿着长袖蓝布衣衫，即便在炎热的盛夏。左边的长袖，从肩膀以下全是空瘪瘪的，下端塞进口袋。

  有几年，井隆叔挑着豆腐走村串巷叫卖，这让我很是惊异！村里几个做豆腐的老手艺人，我自小就十分清楚，可从来没听说过井隆叔会做豆腐。我在村里的日子，常碰见他挑一担旧箩筐，筐里是两个铝脸盆，一个装着丁了豆腐，一个装着油豆腐。他的担子，永远都是一边肩膀挑着，一只手扶着扁担或箩筐绳。有人买豆腐时，他放下担子，用单只手抓取豆腐，提秤，称秤，收钱。他那时用的还是带盘的小杆秤，十分不便。

  兴许是豆腐生意不太好，他后来又改收废品，挑着箩筐在周边村庄游荡。再之后，他把他家临路这边的屋墙砸出一个大洞，装了门窗，改做了小日杂店。日常他就坐店里当小店主，向村里人卖点油盐、打火机、香烟、肥皂、洗衣粉、电池、蜡烛、海带、咸鱼之类的日用品。

  他那时进货，也是全靠自己一个人走几十里路挑回来。我偶尔在路途遇上汗津津的井隆叔，只见他一条白色的长汗帕搭在肩上，一端咬在牙关，努力挑着沉重的货担，低着头，一步一步，在山间孤独前行。

砻匠

上羊乌村有个好砻匠,名叫黄善词,他是故乡周边几个村庄最后一个打砻人。

在碾米机出现之前,砻是故乡人家户户必备的一件重要用具,用它来除去谷壳,得到米粒。砻的原理和形制与磨相仿,不同的是:磨是用麻石凿制的,主要用来磨米浆、豆浆、米粉;砻则是用竹木和黄泥做成的,形体要比磨高大得多,专门用来碾稻谷,俗称砻谷,所得稻米,叫作糙米。用糙米煮的饭,就叫糙米饭。

081

一架完整的砻,分为三个部分:下砻盘、上砻盘、砻手,差不多有一两百斤重。因此,每户人家的砻,通常是放置在固定的地方。房屋宽敞的人家,往往会有一间专门放砻的小杂屋,叫砻屋,需要砻谷时,就挑了稻谷到这里来。一架能正常使用的砻,上砻盘总是叠放在下砻盘上,不会轻易移开,砻手不使用时是可以取下的。砻手是用长长的木杆做成,手腕粗细,取材于油茶树、栗子树或椤木石楠树(方言叫雀梨树),材质十分坚硬,其前端以自然垂直弯曲数寸为佳,尾端则配上一根一尺长的横圆木。砻谷时,将砻手的前端套进上砻盘横担的孔洞里,双手握着砻手尾端的横木,推动上砻盘顺时针旋转。有砻屋的人家,往往会在屋梁上垂下一根粗棕绳,系住砻手尾端,推砻时,棕绳随之不停摇晃转动,这样人要省力一些。也有许多人家,砻是放置在厅屋的一角,用时移到厅屋中央,用后再回归原处。

童年里,我家就曾有一架这样的砻。而且,我还亲眼看见过一架新砻的制作过程。那时,我家还住在青砖黑瓦的老厅屋里。那一次,是同住这栋老厅屋的隔壁邻居付和家打砻。在故乡,做新砻叫打砻,砻匠,叫打砻师傅。给付和家打砻的,正是上羊乌村的砻匠善词,已是年逾半百的中老年男子。

大集体时期,我们村与上羊乌村,同属于羊乌大队,两村相隔也就两三里路,同姓同宗,往来很近。整个羊乌大队周边一带的农家,但凡要打新砻的,一般都是邀请砻匠善词上门来做。

打砻所用的工具不多,一把篾刀,一个打锤,外加斧、锯、凿、刨。所需的材料,则是一根新砍的大竹、几截大杉木和别的一些硬木,外加一大堆新挖来的黄泥。竹子剖成长篾丝,先编织两个大圆筐,其中用来做上砻盘的圆篾筐要高许多,且在中部偏下的位置预留两个对称的方形小口子,用来安放砻担。做下砻盘的篾筐,则还需编织簸箕一样平展的底盘。几截大杉木,做成底座,如同四条粗腿。底座中央,树立一根刀柄粗的椤木石楠,这种木头干了后,异常坚硬,耐磨,用来做砻芯。底座做好,将下砻盘篾筐放其上面,用青篾丝绑紧,则可填黄泥了。黄泥取自村后山脚,是不含沙石杂质的纯泥土,略加水揉润即可。黄泥一层层填塞,用木槌敲打密实。当下筐用黄泥填满打实,将事先用斧头劈好的一块块巴掌大的方木片,围绕砻芯,呈放射状打入泥盘,略微露出一点点,平整均匀,错落有致,就是砻齿。做砻齿的干木片,通常是取材于干栗子树的树干。

打上砻盘也差不多,不同的是,上砻盘的圆篾筐只打小半高的黄泥,上部是空的,用来装稻谷,并在泥盘中央预留了一个方形的漏谷孔洞,而且有一根长扁厚实的硬木砻担贯穿砻盘,两端伸至筐外,一端凿了一个圆孔,用来插砻手前端的曲木。

一架新砻打好,通常需要三个工日,风干后,就可将上下砻盘叠放在一起砻谷了。装上砻手,推动起来,两盘之间齿齿磨合,霍霍有声。那时一个工日一块钱左右,除了吃几餐好酒饭,善词打一架新砻能挣个两三块钱。

我的记忆中,善词是个言语不多的人。他原本是一个老师,新中

083

国成立前从一所师范学校毕业，曾在本村的小学和邻乡的中学当公办老师多年。一九五八年他被打成右派，重新回到村里当农民，其时他已三十多岁。他拜师学打砻，也是在此之后，可谓半路起家。在二十世纪六七十年代的近二十年间，他成了故乡一带唯一的打砻人。

我们这里是二十世纪七十年代中期通电的，不久就有了碾米机。碾米机快速高效，碾出的稻米白白亮亮，而且谷壳成了糠粉，是喂猪的好饲料。如此一来，砻谷的人家就渐渐少了。那些旧砻也成了无用的累赘。我家的那架旧砻，就长年闲置在一间小房里，因为房屋漏雨，被雨水浸泡，那砻里的黄泥成了泥浆，废掉了。

曾听很多人说，善词年轻时是一个好老师，课讲得好，又关心学生。他在羊乌完小当班主任时，有一位名叫邓立芝的学生，是他最得意的学生。这学生是附近罗塘村的人，他是二十世纪六十年代从我们这里走出去的大学生，而且一鸣惊人，考取了复旦大学。

改革开放后，国家气象为之一新，许多被打成右派的老师得到了平反，善词也看到了希望。有一次，刚从外地调到郴州地革委工作的邓立芝，偶然得知了善词老师要求平反的事，其时他又正好在落实相关政策的部门。不久，善词按规定落实了政策，恢复了教师身份，有了一份稳定的退休待遇，得以安度晚年。这也是作为学生，令邓立芝感到最欣慰的一件事。

许多年后，我认识了这位故乡的著名大学生，其时，他已是退休教授。谈起早已去世的砻匠善词，他仍然亲切又深情地称之为恩师。

据说,晚年的善词也有一个遗憾。他在乡村育有两个儿子,可这两个儿子小学都没有读完。待他平反之日,按当时政策本可让一个儿子顶替他当老师,只是两个都没有达到初中毕业的最低文化程度。世事弄人,谁又能料?

篾匠

一条便江,自南而来,蜿蜒流过具城,又向北而去,将永兴大地,分隔在东西两岸。习惯上,东部山区称为江右,西部山区称为江左。东部多竹山,常见连绵不断的茂密竹林,高大挺拔,郁郁葱葱。这样的环境之中,自然也多篾匠。

在传统农耕时代,竹器与每个农家的生产生活息息相关,谷箩、菜篮、筛子、簸箕、筲箕、茶叶篓子……乃至竹椅、斗笠、扁担,多种多样,应有尽有。我的故乡在江左片,虽说山间江岸也多野竹了,却都是小竹,很少看到大竹子,成片的大竹林就更稀罕。或许正是这个缘故,我的故乡一带少有篾匠。那些家家户户的竹器用具,一般都是从圩场买来的,想来,也多是出自江右篾匠之手吧。

在我们家,曾有一件大竹器,是江右一位姓廖的老篾匠赠送的。个中缘故,还牵涉到我大姐荷花小时候的一桩认亲往事。

大姐比我大十七岁,她是父母生下的第一个孩子。之后,我母亲又陆续生下了几个孩子,却都先后夭折了。大姐上小学三年级时,校舍在我们村的黄氏宗祠。那时,学校只有两个老师,其中年轻的老师廖宗林,是刚来不久的。廖老师是江右人,家在便江右岸山村,离县城不远,但距我家乡却有百里之遥。大姐聪明诚实,长相姣好,读书又用功,廖老师很喜欢她。一天,廖老师对她说,想认她做妹妹。大姐把这事告诉了父母,我的父母十分高兴,当晚就把廖老师邀来家中做客。交谈中,廖老师告诉我父母,他有兄弟三人,没有姐姐和妹妹,父母健在,另外还有个伯父,无儿无女,是个篾匠。

那时候,乡间认亲是一件郑重的大事。在征得双方家长认可后,在选定的日子,我的父母备了礼品,带着我大姐,与廖老师一道,去到了他的家乡,永兴县城远郊一个竹林环绕的小山村。在这里,师生二人结为了兄妹。从此,两家互有往来,成了亲戚。

大姐十一岁那年,我的母亲生下了一个女孩,就是我如今的二姐贱花。有一天,宗林哥的父亲从永兴来我家走亲戚,带来了一架有围栏的竹睡椅,是宗林哥的篾匠伯父作为贺礼特地新做的。这架睡椅呈长方体，下面四条腿，就像一张带围栏的小竹床，美观又结实。

遗憾的是，宗林哥英年早逝。他与我大姐认了兄妹关系仅仅几年后，就因重病去世了，那时我还没有出生。据说他的父母也因此过度哀伤，不久也都离开了人间，我们家从此失去了这门亲戚。在我童年和少年时代，我经常听到我父母念叨这一家人的好，说起那些往事。末了，他们总是要叹息一阵。而那位老篾匠赠送的竹睡椅，我二姐睡大后，我三姐睡，之后又轮到我睡。我有记忆时，这竹睡椅已是红光发亮。以后的岁月，我大姐出嫁生孩子，又被她搬了去，睡大了她的四个子女。

我真正有幸近距离观摩篾匠的手艺，得多亏一位好友的邀请。某天，好友曾宪国一大早打来电话，说离他家几公里远的一个小村，还有两个老篾匠，目前仍在制作竹器。我一听就来了兴致，相约一同去探访。宪国比我小几岁，他是远近闻名的乡村蛇医，也是江右人，他的诊所位于省道边，距离县城也就十几分钟的车程。我当即登上通乡公交车，前去与他会合。

我们要去的村庄叫竹叶村，一路上，天气晴明，竹山诱迤。田野里，偶尔能看到一丘丘才插下不久的水稻，禾苗青青。也有许许多多的良田和园土，一派荒芜。遥想二十世纪八十年代乡村无闲田的兴旺景象，顿生今夕何夕之叹！宪国说，他们这一带出产竹子，以前有很多篾匠，他年少时，家里曾请来一位邻村的篾匠，前前后后做了一个月的竹器。令他惊讶的是，这位篾匠竟然是个盲人，可做出来的箩筐、筛子、簸箕、斗笠等种种家什，又都那样好！所以至今不忘。不过，现在农村种田的人少了，年轻人都进城打工去了，老式的竹器基本上失去了用途，篾匠死的死，老的老，越来越少了。

不觉间，我们来到了一个宁静的小村。果不其然，这竹叶村紧挨着一片竹山，密密集集的高大毛竹，把这个小村映衬得更加漂亮。只是像当下大多数山村一样，这村子也没什么人气，空空荡荡，连鸡鸣犬吠都少有听到。

一番问询后，我们贸然走进了一户大门敞开的人家。其时，一位头发花白的老者正坐在矮凳上，俯首编织竹器。在他身后的粉墙上，斜立着几个崭新的簸箕；旁边的桌上，放着成捆的长长篾片，两端下垂，弯曲又白亮。显然，这正是一个老篾匠。

我们的不期而至，令老篾匠感到很意外。他站起身子，憨笑着问我们有什么事情。宪国是当地人，用方言告诉他，我们是特地来看看他编竹器的手艺。老篾匠友善笑着，拉过竹椅让我们坐，又热情地倒上茶水。屋里只有老篾匠一个人，我有点纳闷。一番交谈，原来老篾匠就一人在村里生活，他老伴已去世，两个儿子在广东打工，都三四十岁了，还没娶上媳妇。

老篾匠叫邓冠芳，今年七十二岁。他家原本在更偏远一点的山上居住，早些年当地政府搞移民搬迁，才来到了竹叶村。他如今已不再种田，靠编织簸箕为生。邓篾匠说，他十多岁就开始跟随父亲学编竹器，大集体时代，他经常到外面去编竹器，箩筐、背篓、簸箕、筛子、

篾匠

一位头发花白的老者正坐在矮凳上,俯首编织竹器。在他身后的粉墙上,斜立着几个崭新的簸箕;旁边的桌上,放着成捆的长长篾片,两端下垂,弯曲又白亮。

091

斗笠，什么都编，交一部分工钱给生产队，以此计工分，分得粮食。分田到户后，他编的竹器曾行销过一段时间。但现在不行了，农村种田的少，竹器也没人要。如今他就只做簸箕，尚有人定期来收购，十块钱一个，一天能做两个。一个月下来，满打满算，能挣五百到六百块钱。

同邓篾匠一样，村里专门做簸箕的篾匠还有一人，便是谢国强。我们找到他家时，他也正在编织簸箕。谢篾匠身体消瘦而苍白，坐着矮凳，一条枯干的长腿笔直伸着，一动不动。他满脸皱纹，头发胡子花白又拉杂，看起来比邓篾匠还要苍老。

交谈中得知，谢篾匠才六十岁出头，比邓篾匠差不多小了十岁。三十年前，他在本地一座煤矿挖煤时，因为一场井下事故，砸断了大腿，从此落下残疾，不能耕种，只能待在家里做竹器。他家也是从数里外的山上移民到山下竹叶村的，自家的竹林还在原先的居住地。如今两个女儿已出嫁，夫妻二人在家，以编簸箕为生。

谢篾匠的老婆不会编竹器，她负责去自家山岭砍竹和背竹。每次砍二根大竹子，往返五公里，要大半天时间。至于破竹、剖篾、编织这些手工活，则全靠谢篾匠一个人做。

我问起夫妻二人的收入，谢篾匠的老婆说，一年两三千块钱还是有的。谢篾匠憨厚地笑笑，分辩说，一年四季都做的话，也可以挣到五六千块。

告别这对篾匠夫妻，走出这个竹林环绕的寂静小村，我的心情有些沉重。宪国说，现在乡村的这些竹子，可以说是分文不值。就拿一个簸箕来说，包括竹子本身，包括砍竹、剖篾、编织一整套手工，一个才卖十块。夫妻两人整整做一天才两个，能卖二十块钱。这样的人工，但凡家中还有一点别的办法，谁还愿意做篾匠这个活呢？

我无言以对，望着满眼的青翠竹林，迎着灼热的阳光，走进山间小径里的归途。

豆油匠

在故乡，说起豆油，定然绕不开仁和圩。

旧时乡村人家，煮菜的调味品极少，除了盐、红辣椒灰，差不多就算豆油最普遍了。在故乡的方言里，传统手工作坊熬制的豆油叫酱油，黑乎乎，香喷喷，半固态状，是家家户户少不了的。无论煮什么菜，出锅时用筷子从酱油瓶里挑一点酱油插入菜中，拌和，浓郁的香味顿时就出来了，令人食欲大开。

我的童年和少年时代，虽说供销社已有液体酱油卖，但受长久的生活惯习影响，乡人还是偏爱传统的半固态酱油。人们在日常言语中为示区别，把传统酱油叫土酱油，而把供销社出售的液体酱油，叫作咸酱水。各家装土酱油的酱油瓶看着脏，闻着香，是每户人家不可或缺的一件日用物品。

酱油瓶空了，家中主妇或男子，会在赶圩的日子，拿了空瓶，来到圩场卖酱油的摊子，称上二三两或半斤酱油。称酱油通常叫挑酱油。卖酱油的摊贩接过空酱油瓶，用盘子杆秤称过重量，就拿了三角形的尖嘴铁挑子，从脸盆大的酱油瓦钵里，挑了黏稠浓香的酱油，放入瓶内，顺带在瓶口一刮，将挑子面上的酱油刮干净。这样一挑子一挑子下来，那酱油瓶口看起来总是脏脏的，不过，这也无妨。平素的日子，偶尔也有卖酱油的行脚小商贩，肩挑一担酱油，走村串巷，拖着长声吆喝："挑——酱油，挑——酱油……"

这些卖酱油的人，有的仅仅是小商贩，并不会熬酱油。有的，则是家中有人熬酱油，甚至本人也会熬的。在离我们村庄七八里远的仁和圩，就有这么一户人家，是专门熬酱油卖酱油的，户主叫刘绍云。他家熬制的酱油口碑好，销路广，远近闻名。

相传很久以前，仁和圩曾是一个小街市、小圩场。它位于一处高坡上，一条石板小路穿街而过，无论往来，都是长长的上坡和下坡。我到邻乡高亭中学读初三，以及在永兴三中读高中，每次去学校或放学回家，都要步行经过这里。不过这时候，原先的石板小路已成了沙石公路，老街市已然不见，更没有了圩场，仅仅是一个小村而已。唯

095

一能看出往昔街市景象的,是公路边的几间低矮小瓦房,开了橱窗,窗台上总是摆放着几大瓦钵酱油,不时有人从这瓦房里进出,而浓浓的酱油味道弥漫整个村庄。显然,这就是熬制酱油的小作坊。

刘绍云熬酱油,原是子承父业。大集体时期,仁和圩是一个生产队,属丁铁龙大队,熬酱油当时是作为生产队的一项副业,场地和一切原料的成本,都是生产队出的,熬出的酱油,自然也是归生产队所有,由生产队安排社员到周边的圩场和村庄售卖。据说,那时每卖出一斤酱油,卖酱油的社员可得到一角钱和一分工。刘绍云和另外几个熬酱油的工匠,则按熬出的酱油计算工分。这也是那个年代乡村手艺人的通常做法,用自己的技艺所得,换取生产队的工分,分得粮食。

生产队解体,分田到户,仁和圩一时有了三家酱油作坊。那时候,乡村人口多,农业和养殖业兴旺,农村经济状态整体向好,温饱问题得到解决,圩场交易活跃,带动了乡人对土酱油的需求,这差不多也是这个小村熬酱油的鼎盛期。不少小商贩和各村的代销店店主,往往都会慕名来这里进货,购买一大钵一大钵的酱油去零售。装酱油的瓦钵有大中小三种型号,大的一钵能装三十五斤,中号的能装二十五斤,小号的可装十五斤。熬酱油所剩的残渣,当地俗称豆矢,是喂猪的好调料。包括我们村庄在内的很多人家,经常挑着箩筐,来仁和圩买豆矢。

我上高中的时候,与我家原先居住在同一栋老厅屋的平和哥,娶了媳妇——正是仁和圩熬酱油的头牌工匠刘绍云的大女儿刘生娥。平和其时顶替他父亲隆仁叔的职,在本乡学校当老师。平和家的新瓦房建在村北枞树山旁边,自从刘生娥嫁来后,我们村里的人家,买酱油就方便多了,因为平日里,他家中总会有几大钵酱油。谁家要挑酱油了,随时可拿了酱油瓶到他家去买。

生娥一共兄弟姊妹六人,她下面有三个弟弟和两个妹妹。无论她是在仁和圩做姑娘时,还是嫁入我们村庄之后,她多年不曾间断过的职业就是卖酱油。我在故乡生活的那些年,乃至早年参加工作后偶回故乡,常见她挑一担酱油,或在村里卖,或走在去往外村的路上,有时是她挑一担满满的酱油正从娘家仁和圩来。她笑容好,每次看到我,总是热情地叫我名字打招呼,我也笑着喊她一声嫂子。曾听她说起,她家里卖酱油的人,主要是她和她的大弟、二弟。她的三弟年龄与我相仿,早年考上中专参加了工作。周边远近的几个圩场,永红圩、东成圩、洋市圩、文明圩、马田圩,是他们姐弟几个常年赶圩设摊卖酱油的地方。因为口碑好,他们家的酱油,在每年春节的那段日子,卖得尤其好,多时一圩能卖二三十钵。

从少年到中年,我无数次路过仁和圩,或走路,或坐车,却一直不曾走进过那几间酱油作坊,酱油的熬制过程,我迄今不曾见识过。若干年后,我在本县黄泥乡一个名叫油铺里的曾盛产酱油的小村,看到了一处空置已久的酱油作坊,那些蒸豆的大木甑,晾豆生霉的簸箕,洗豆发酵的池子,熬煮酱油的大铁锅……无不蒙尘生垢,污迹斑斑。昔日有名的酱油小村,人去屋空,少有人迹。

仁和圩的酱油作坊也是这样。听退休在家的平和哥说起,他岳父已去世多年，他的几个妻弟都住进了城里，仁和圩的老作坊和酱油铺，早就没有了。"现在超市里，各种各样的瓶装酱油和调味品那么多，土酱油还有几个人熬啊！年轻人也没哪个愿意干。"

这样说来，我猛然想起，我也似乎好多年没吃过家乡的土酱油了。仁和圩那满村浓郁的酱油香，也是好多年前的记忆了，就像梦境一般，真切又遥远！

陶匠

在故乡一带，几乎没有哪个家庭的日常生活，离得开窑上村出产的陶器。

旧时瓦檐下的故乡人家，放眼看去就有许多陶器：油盐罐、砂罐、饭钵、菜钵、茶壶、酒壶、水缸、过缸、酒坛、庞瓮、腌菜瓮……大大小小，形态各异，无不是农家的必备用品。这些日用粗陶，色泽酱紫，泛着釉光，它们差不多都有一个共同的来源地，就是本乡本土的窑上村。

窑上村离我们村五六里的样子，我是上初中时，才经常从这个自幼就耳熟的小村旁路过。不过，这村庄的地形颇为特别，坐落在一处山窝里。通往我们村的这条山边公路，与窑上村隔着一座红壤小山，那时山上生长着茂盛的油茶林和松树林。这小山的南北两端，各有一条小径与公路交会，是进出窑上村的两条通道，小径上各有一座石柱黑瓦的旧凉亭，我们叫窑上凉亭。我每次往返路过这里，能看到窑上村的田野、山岭、凉亭，能看到田野里干活的农人，却看不见山那边的房屋。于我而言，这个以陶为业的邓氏村庄，一直是充满神秘色彩的所在。从少年到中年，我无数次路过，每次，都与这个村庄有着一山之隔。

直到八年前，我才第一次走进山那边的窑上村。

那是二〇一六年一个晴朗的冬日，进村小径旁的山边，黄色的野菊花开得正明艳。其时我在浙江义乌工作，业余正写作一本有关乡村旧器物的书稿。我偶尔不远千里从义乌回家，便抽空到故乡一带拍摄旧器物。那天，我是独自从北面的那条小径走进窑上村的。这是一条寂静又荒芜的黄土小路，两边树林茂密，少有人迹。拐了几道弯，上了一个坡，终于看到了许多旧瓦房，从房屋朝向判断，显然是村后。这些房屋大多破败不堪，有的断壁残垣，已无法居住，实在出乎我的意料！在村后的山坡上，我看见树木和荆棘丛中，有一座长长的旧瓦棚，棚子下面是一节一节的拱形砖窑，废弃已久，像一条伤痕累累的黄色巨龙，依着山势匍匐在地，了无生气。山势高处的那端，与旧瓦棚相连的，是一座高大的圆形砖砌烟囱。我猜测，这定然就是往日烧陶器的龙窑了，也是窑上村得名的由头。那天，我在窑上村转悠了一会，拍了些废弃的旧陶器照片。石板巷子里十分冷清，只碰到几个留守的老人。我年少时曾想进来一探究竟的那做陶器、烧陶器的热闹场面，已然消失了。

八年之后，我再次来到窑上村，同样是因为一本书的缘故。我的《庄稼人》，聚焦于故乡一带往日的民间艺人。我想，无论如何，我要再去窑上村走一趟，缺了关于陶匠的记述，于我总是心有所失。我设法与窑上村现任村秘书邓三军取得了联系，说明了缘由。他在电话中告诉我，目前村里还有几个健在的老陶匠。我心中顿时一喜！

炎炎夏日的上午，我如约来到了窑上村。与上次进村不同，我这次下公路后，走的是南面的小路。小路蜿蜒在林木葱郁的山脚之下，进入一个狭长山沟，山沟里便是窑上村的水田，一路但闻溪水潺潺，有几个农人在田里栽插水稻。转过一个急弯，眼前豁然开朗，窑上村已然在望。按照电话中的约定，我朝村前那棵高大的古柏树走去。

古柏的浓荫下，放着一个大的青石墩，摆了两条长凳，四五个中老年人在此闲坐，十分凉爽。寒暄过后，年轻的村秘书向我介绍其中一位老者，便是六十八岁的陶匠邓常平。乡里乡音，我们的聊天自然毫无障碍，也没有一丝拘束。

陶匠邓常平中等个子，长相憨厚而结实。他说，窑上村原名南冲，开村始祖是一名年轻陶匠，辗转多地，最后相中了这山后的一处陶泥，从此在这里扎下了根,烧制陶器,娶妻生子,繁衍生息,迄今已有四百多年。这四百多年间,村庄历代都有人传承祖业,以制陶烧陶卖陶为生。村后那座烧陶龙窑,成了村庄的象征,原来的村名,也渐被"窑上"取代。

邓常平十八岁那年,开始跟随父亲学制陶。那时正值二十世纪七十年代,大集体生产如火如荼。制陶没有模具,一团揉好的陶泥,放在简易的木转盘上,最终变成一个什么器具,全靠一双巧手和几样简单的工具做出来。因此,只有那些悟性好,心到手到的人,才能学得会做陶器。许多人学了很长时间,只会做最简单的饭钵菜钵,稍微复杂一点的坛坛罐罐就做不好,即便勉强做出来,也歪瓜裂枣,不成样子。生产队时期,全村的成年男子几乎都会做瓦,但能做出各种陶器,称得上陶匠的,只有二十多人。

制陶工序多,是个又脏又累的体力活。首先是挖泥,泥有三种,用当地方言来说,就是白泥、油泥和漕泥。这三种泥在坪地晒干后,按比例混合,碾成粉末,加水踩成陶泥,再经过一番揉搓,柔韧性极好了,才可制作陶器。做好的泥陶,晒干后上釉。釉是土釉,是油茶树柴灰、竹子柴灰和另一种细腻塘泥的浓稠混合泥浆,盛在一个大锅里。上釉时,小心地端着干泥陶往里面一滚,里里外外均匀裹上一层釉泥浆。之后,再晒干。待到装窑之日,将一件件上过釉的干泥陶码放于窑内,烧制出釉色光亮的成品瓦陶。陶器大小不一,最大的是一种俗名庞瓮的大瓮,广口巨腹,有大半个成年人高,昔日是用来装粮食或发酵红薯酒糟的，在烧制前，差不多有百来斤重。做这样的大陶器，除了有个好手艺，还得有一肚子大力气。

在所有的日用粗陶中，最难做的是过缸。这是一种蒸馏烧酒的专用器皿，有的双层，有的三层，又以双层的过缸为常见。蒸馏烧酒时，过缸里装满了冷水，酒蒸汽从大竹筒进入过缸外壁的圆孔，在夹层间冷却成酒液，再从过缸底部的嘴子流出。一个经验丰富的陶匠，一天也就能做两三个过缸。

二十世纪七八十年代，堪称窑上村制陶制瓦的鼎盛期。那时候的乡村，人口多，农业兴旺，建新瓦房也渐成热潮，对陶器和屋瓦的需求大。每逢赶圩的日子，窑上村的男女常成群结队，挑着一担担的陶器，络绎赶往远近的圩场卖陶。有时，甚至还要雇请周边村庄的成年男子做脚力。我的记忆中，我家一九八二年建的那栋新瓦房，所用的屋瓦，很多就是我的父母和姐姐一担一担从窑上村挑来的。之后屋漏翻检瓦顶，需要添置的新瓦，也同样是从窑上村买来。

进入二十世纪九十年代，农民进城务工成了社会主流。窑上村的很多男女劳动力，都放弃了传统的做陶做瓦业，纷纷去广东打工。而塑料制品和金属制品在乡村的广泛应用，又迅速取代了粗笨易破的陶器，传统粗陶越来越没有销路。大约到一九九五年，窑上村的陶匠就不再做陶器了。正值不惑之年的邓常平，也放下了二十多年的制陶技艺，转而去了广东打工。村里有的陶匠则专门做瓦，但销量情形也是每况愈下。这时的乡村，所建新房的样式，已从传统瓦房普遍过渡到

庄稼人

陶匠

制陶没有模具，一团揉好的陶泥，放在简易的木转盘上，最终变成一个什么器具，全靠一双巧手和几样简单的工具做出来。

水泥平顶楼房了,根本就不再需要屋瓦。几年后,在新的世纪之初,窑上村的这座龙窑,在燃烧了四百多年后,最终不再冒烟,沉寂了下来。

邓常平说,这些年来,村里的老陶匠大多去世了,目前还健在的也就七八人,年纪最大的几十多岁,他已是算年轻的了。对于这门技艺的传承,他淡然一笑,表示无望。

是啊!时代潮流,浩浩荡荡。皮之不存,毛将焉附?

阉猪匠

许多年来,故乡一带专职阉猪阉鸡的,是我的房兄仁生。

在村里,依照远古祖先的排行,按血缘关系,形成了四个房族:长房、二房、三房、四房。我家所在的房族是长房,也就是说,我们是开村始祖的长子这一支繁衍而来的。一个房族内,又按亲缘远近,形成多个"一蔸子"(方言),就如同一条支藤上结出的大小瓜果。仁生便是我们这一蔸子"孝"字辈的老大,我从小就叫他大哥哥。虽说我叫他大哥哥,可他年纪比我父亲小不了几岁,而我父亲是五十六岁那年才生的我，因此，自我懂事起，仁生哥就很大的年纪了。他的儿子房德比我大十多岁，每次见到我，都是笑嘻嘻地叫我"小叔佬"或"崽崽叔佬"。

曾多次听仁生哥说起，他年轻时，与我父亲是好搭档。叔侄两人经常往返几百里的山路，去广东的星子、连州挑盐卖；割麦子的日子，两人便搭档外出给人割麦；割禾的日子，便搭档外出给人割禾……由此，赚取一点养家糊口的辛苦钱。

在卖苦力挣钱的日子里，仁生拜本乡的一个阉猪匠为师，学会了阉猪。正是有了这项技能，新中国成立后参加农业社时，他被畜牧部门招了工，吃上了国家粮，成了一名兽医。他曾一度在外乡工作，又回到了本乡本村，依然干的是兽医，按村里人的惯常叫法，就是阉猪的、阉鸡的。

仁生在村里素以胆大著称，最让人咂舌的一件事，就是他在一处古寺的废址上建了房，并住了进去。这古寺原本在村北江对岸的山脚拐弯处，临近石拱桥，古树林立，风景甚好，最后一任住持是天慧老和尚。"破四旧"的年代，古寺被彻底捣毁，夷为平地，天慧和尚无处可去，就住进了我们村庄的黄氏宗祠。我童年里，还曾在宗祠看见过天慧和尚，当时他已是垂垂老矣。那古寺遗址废弃几年后，仁生在那里建了一栋住房和猪栏茅厕，领着妻儿住了进去。从此，他一户人家单独住在这里，与我们村庄隔江相望，相隔一两里路。在村人看来，在古寺遗址建住宅是不吉利的，仁生竟然不怕，真是好人的胆！不过，

108

这里自此以后,有了个新地名,叫作仁生庄上。

仁生庄上,树多鸟多,环境清幽。屋后屋旁山林葱郁,香樟、古柏、皂角、拐枣、苦楝、桂花、棕树、毛竹……应有尽有;屋前是开阔的场地,种了月季、玫瑰、美人蕉、芭蕉、木芙蓉等好多花草,养了好多鸡鸭。而坪地之前,就是沿着山脚蜿蜒而过的通村公路,路下是一条清澈小溪和广阔的水田,再远一点,隔着江流,就是古柏掩映的榨油坊,更远处,是我们的村庄,视野十分开阔。童年和少年时代,我与村里的伙伴来这边的山岭上捡柴或割茅柴,下山时,经常在仁生庄上近旁的石拱桥上歇息。

现在看来,仁生哥真是个热爱生活的人。或许正是留恋这片家园,自我有记忆以来,直到他去世,他一直是在这里生活。作为一名专职兽医,许多年里,他经常肩挎印着红十字的棕色小皮箱,走村串户,给禽畜做防疫工作,或者阉猪阉鸡。

在故乡,仁生哥做禽畜防疫,曾及时发现了一起炭疽疫情。那还是在我出生前几年发生的一件事,当时村里一个生产队病死了一头牛,又刚好临近端午节,便将牛宰割后分给了社员。吃过牛肉后,村里有人陆续发烧发病,身体多处红肿溃烂,一度引发恐慌。仁生查看病情后,判定是因吃了病死牛肉引起的生疔疮,也就是炭疽病,迅速上报了他的上级单位,并添油加醋说得十分严重。这一突发传染病疫情,引起了省地县三级卫生部门的高度重视,迅速下派专家医疗队来村里救治,阻断了疫情的蔓延。

109

小时候，我们经常看仁生哥阉猪阉鸡。那时，村庄里禽畜兴旺，家家户户都养猪养鸡，经常有人家喊仁生来阉猪或阉鸡，我家也是如此。一头土猪从出生到宰杀，要养上一年多时间。土猪体型没后来普遍养殖的白洋猪大，毛色黑白间杂，也有纯黑的，吃的又全是猪草，故而长得慢。仁生阉猪，全凭一把小刀。但阉割小公猪和小母猪的手法，却全然不一样。比较而言，阉割小公猪，通常是在小猪出生二十多天后，此时猪仔小，做外科手术阉割猪睾丸相对简单。阉割小母猪，多是在三四个月龄，这时猪的体重差不多五六十斤了，割卵巢又是内科手术，要费劲得多。无论是阉小公猪，还是阉小母猪，都是简单粗暴，充满了暴力和血腥。

仁生身材高大，阉割小公猪时，他事先在猪栏外的坪地上放一张长凳和一件旧蓑衣。小猪从栏里抓出来后，由户主双手抓住两条后腿倒提起来，仁生拿起蓑衣将小猪从后背往前裹住。而后，他坐在凳子上，张开腿膝，将裹在蓑衣里的小猪紧紧夹住，猪肚皮朝外。在不停哀嚎和蹬踢中，小公猪的两条后腿被户主用力拉开，露出阴囊。仁生拿了小刀，捏着鼓鼓的阴囊一刀划开，一挤压，两颗白色的睾丸跳了出来，一刀割下，扔在地上。小猪重新放回猪栏，它躲在一隅，目光惊恐，瑟瑟发抖。

阉割小母猪，须将猪摁倒在地。每当这时，我看见仁生一条腿踩在猪头耳朵处，将猪头死死压着，户主则帮着按压猪腿。仁生俯下身子，拿着小刀在小猪的腰腹部切开一个小口子，将两根手指伸进去，硬生生掏出一团花状卵巢，一刀割了。那时候，阉猪看起来是如此残忍，猪嗷嗷大叫，能够想象它是多么疼痛！好在仁生阉割手法老练而快捷，过程往往十分短暂。

看他阉鸡，则更令人揪心。那些矫健的小公鸡被他一一抓来，踩于两脚之下，毫无抵抗之力。他坐在矮凳上，拿着那些小刀、掏勺、钩子等好几样小工具，在鸡肋处切开一个血口，又是夹，又是拉，又是掏进掏出，直到把两粒白色的睾丸掏出来切掉方罢，痛得那小公鸡浑身抽搐，哀鸣不已。这样血淋淋的场景，真不忍直视。

童年少年时期，看多了仁生老哥阉猪阉鸡，也对这些乡间生灵生了恻隐和感激之心。如今短短几十年过去，偌大的村庄，已几乎没有人家养猪，连鸡鸭都很少见了。仁生已去世多年，故乡已无须阉猪匠，真不知是喜耶？还是悲耶？

纸木匠

如喜是聋爷爷的独子。从我童年时代起,他就是村里白事场中扎纸花的人,村里无论谁家有白事,都必定邀请他去帮忙扎花。用纸给亡人扎花圈、灵屋等丧葬用品的人,也被尊称为纸木匠。他扎纸花扎了几十年,如今年事已高,依然还在周边村庄操持这项职业。

如喜比我大二十岁,当我还是顽童时,他已是长相清秀说话和气的青年。在村里,如喜的口碑十分好,他长得一表人才,老实忠厚,同他母亲一样，穿着讲究，干净整洁，又曾读过初中，是有文化的人。他对人态度温和，有礼貌，从没看见他跟人大声争吵过。

如喜家所住的大厅屋，离我家不远，一条青石板巷子连通上下，他家住在上面，快靠近山脚了。有时候，我们一帮家住下面的孩子，心怀忐忑又装作若无其事，沿着巷子，朝他家走去，看聋爷爷是否坐在门口乘凉。若是看见聋爷爷，我们便用手在自己肚子上揉几圈，尽管在村里不能当着聋爷爷的面揉肚子的事，已经是妇孺皆知，但在少不更事的年纪，我们这些顽皮小子，偏偏将这些谆谆告诫当耳边风，以逗弄他发怒为乐，揉完肚子便大笑着转身而逃，作鸟兽散，立刻身后就会传来了聋爷爷"啊啊"的大叫声和脚步声，愤怒无比！只是他一条腿瘸了，追不上我们。这样，接下来一两天，我们都不敢去招惹他了。有时，我们探头探脑走上去，要是刚好被如喜看见了，他便会警告我们："你们不要去惹他，万一打着你们就不要怪！"说这话时，如喜态度严肃，语气却并不凶，甚至可以说是温和的。听他这样说，我们就灰溜溜地走了。

听大人们说，之所以不能当着聋爷爷的面揉肚子，是缘于聋爷爷有一回在屋旁的石板巷子里给他老婆揉肚子，掀开的衣服露出两个晃荡的奶子，恰好被人碰见，传了开来，成了村里人的笑谈。聋爷爷虽又聋又哑，但年轻时娶的老婆却是一个美人儿，又爱干净，又爱整洁，穿着总是清清爽爽。即便我小时候，他们那么大年纪了，聋爷爷的老伴也还是那么清秀而安静。回想起自己在懵懂童年给这善良的一家人带去的不敬，我总是心怀愧疚。

如喜是穷乡僻壤里难得的有艺术天赋的人，他多才多艺，画画得好，无论花鸟鱼龙还是人物、亭台楼阁，都画得栩栩如生。他左手和右手都能雕刻章子，又会刷油漆，尤其是扎纸花扎得好。当村中有老人去世，在出殡的前两三天，就会在孝家的厅屋里扎灵堂、扎纸花。从这天起，如喜就忙开了。如喜扎灵堂、扎纸花，讲究一个"美"字，用乡人的话，叫作好看。事实上，他的这些作品也确实好看！

扎灵堂需要砍来湿漉漉的柏树枝，如喜和那些礼生帮手，将这些苍绿的枝条和竹木在厅屋里搭建一道屏风，将棺材隔在里间。屏风两侧留有拱门，柏枝上扎着一朵朵白色的或者彩色的纸花，还有各种纸做的鸟兽龙凤，拱门上贴了白纸对联和眉批。一个大大的"奠"字，张贴在柏枝屏风中央，下面摆放一张八仙桌作为祭台，正对着屏风后的黑棺材。经如喜这么一布置，灵堂肃穆的氛围就出来了。

这几天，如喜还得在灵堂里扎其他的纸花，大体有这么几样东西：花圈、号衣棍、金山银山、香亭、灵屋、棺罩、丧鹅或丧凤。扎这些东西，从剖篾、裁纸、折花、熬糨糊、编骨架、粘贴……所有工序都是靠他一个人，别人只有围观的份，帮不上手。如喜扎这些纸花时，村里的大人孩子，常有很多人观看，我也喜欢看他扎。每当这时，我们总会发自内心钦佩他那双灵巧的手，那些聪慧的巧思。

出殡这天，如喜亲手扎制的这些艺术作品都派上了用场。棺材被众人从灵堂抬出来后，暂时停放在村前朝门口的长凳上，在一番仪式

114

中,紧紧绑在了两根粗大的龙杠中间。棺材上面,覆盖上了五彩缤纷的棺罩,仿佛一床镂空的花毯子,这是由许多小篾圈连接而成的,篾圈上糊了彩纸,扎了花朵,很是漂亮。而后,那只高大的丧鹅或丧凤站立绑定在棺罩中央,头朝前,尾巴朝后。村里习俗,逝者是男性,扎白色的大丧鹅;若是女性,则扎彩色的大丧凤。在择定的时辰,火铳和鞭炮齐放,鼓乐齐鸣,孝子孝孙一众人等披麻戴孝,手持号丧棍,且哭且跪且行,在前面缓缓引路。"八大金刚"(方言,特指抬棺的八个男子)抬着沉重的棺材,迈着碎步,甩着兰花手,一沉一浮,一左一右,摇摆着,行进着,这种抬棺方式,俗称抬摆丧。那棺材上跨立的长颈大丧鹅或丧凤,张翅翘尾,也随之有节奏地摇头晃脑。后面跟随的亲友和吊客,有的背花圈,有的拿金山银山,有的抬着香亭,有的抬着灵屋……长长的送葬队伍,在花团锦簇中,渐渐离开了村庄,热热闹闹,走向了山间。

在平日,如喜劳作之余,偶尔在家也扎一些花圈和灵屋之类的东西,以便外村有需求时,卖给慕名前来购买的人。尤其是每年农历七月半鬼节,故乡一带有给亡亲烧灵屋的风俗,焚化一栋纸屋,意味着亡亲在阴间会得到一栋漂亮宽敞的新房屋。如此,来找如喜购买灵屋的人就更多。

无论长相、人品还是技能,论个人条件,如喜在村中堪称优秀,娶一个贤惠妻子,生儿育女,在村里人看来,这是他再理所当然不过的事情了。事实上,在他年轻时,有好几年,给他做媒的人接二连三。

可如喜总说不急不急。这样一晃,聋爷爷和他老伴都先后走了,如喜依旧是孑然一身,不免令很多村人为他惋惜!

从青年到中年,再到老年,如喜似乎不曾走出过村庄。他一直居住在那栋黑漆漆的青砖老宅里。几十年来,他是村里唯一的纸木匠,他的那些生命短暂的艺术作品,曾美化了许许多多亡人的葬仪,计那些普普通通的乡野农民,在永别人间的时刻,留下了花团锦簇的诗意的一瞬。

队长◎国杏驼子◎记工员◎忠文和光朵◎保管员◎黄观成◎赤脚医生荷花◎民办老师◎刘金仁等◎广播员◎隆柏◎邮递员◎雷玉才◎营业员◎全师傅◎管电员◎孝端◎放映员◎库文

第三辑

促生产

队长

说到生产队,定然绕不开队长这个灵魂人物。

一九六九年,我出生。二十世纪八十年代初期,生产队解体,分田到户。在我的童年少年时代,农村实行的正是人民公社、生产大队、生产队"三级所有,队为基础"的生产资料所有制形式。地处湘南山区偏僻一隅的故乡八公分村,其时所在的生产大队为羊乌大队。大队下辖大小七个自然村,共划分为十一个生产队。我们村庄是大村,有四个生产队,分别排序为五队、六队、七队和八队,每个生产队三四十户人家。生产队的划分，并不按住房划片，全村一百多户，差不多每条巷子每个角落，都有所属不同生产队的家庭。我家在五队，在我的记忆里，老队长教义退位后，有好几年，我们生产队的队长是国杏，副队长是申明。

国杏队长，外号国杏驼子。那时他正值中年，背略有点驼，在爱给人取外号的乡村，得了这么一个称呼。他中等个子，性格沉稳，干农活样样都行，尤其是个犁田的好把式。那些年，我们生产队有两个犁田技艺顶好的人，一个是他，一个是希贤。他还是个好屠户，过节过午，生产队杀猪，多数时候是由他拍板定下宰杀谁家的肥猪，并亲自操刀。他掌勺做厨也是行家里手，村里有白事酒席，他常被邀去做厨子。

国杏的家庭有点特别。他家所住的老厅屋与我家很近，仅隔着一栋房屋。他年少时，父亲就去世了，留下他和弟弟妹妹。那时，她母亲还年轻，舍不得离开儿女，就在本村给他们兄妹招了一个上门继父，后来又生育了两女一男三个孩子。国杏的继父户籍在七队，他的母亲和继父的三个孩子，自然成了七队的人。这样一个大家庭，平常居住生活在一起，却分别属于两个生产队，国杏和他的亲弟妹在五队。

在我刚上学的年纪，国杏家里出了一件大事，他的亲弟弟在部队牺牲了。那时候，他的继父正是大队干部，去部队全程处理了后续事务。作为烈士，他弟弟的骨灰盒葬在了我们村前江对岸的对门岭，在临近山脚的一片茂盛的油茶树和山苍子树混杂的林子里。坟墓小而圆，是水泥砌筑的。这片山岭在生产队时期，是属于我们生产队的，我曾

120

多次在那里摘过油茶和山苍子，偶尔从那坟墓边走过，看着有点瘆人。分田到户后，这片山岭成了我家的油茶山。

现在想来，国杏少年老成，不苟言笑，做事勤快又稳重，干农活样样在行，是与他的家庭变故有着很大关系的。亦因此，在很多年里，他深为社员所信任，长期担任生产队队长。

给他当副手的申明，则是一副天生的乐天派。申明长相厚道，粗矮个子，胡子拉碴，年龄比国杏要大不少，夏日里总是袒胸露怀，有一个比常人要胖大的肚子，因此被村人称作申明大肚子。

申明大肚子也是个好劳力，他爱笑，爱唱山歌，什么正经的或老不正经的山歌都会唱，是生产队的活宝。常日里生产队做农活，男男女女，总爱跟他在一起，随时可以跟他开玩笑取乐，叫他唱山歌，令原本枯燥而艰辛的劳动，充满了快活的氛围。

这样一正一副两个队长，动静结合，有严肃，有活泼，日复一日遵照农时，安排着全队一年的生产和收成，事无巨细，都要面面俱到。而且，作为生产队的领头人，他们还要带头勤勉劳动，作为社员的榜样，以免被人诟病。我的记忆中，吹哨子喊开工，是队长每天都要做的事。他们的哨声，就是社员生产劳动的指令，有着不容抗拒的威严，也是那个特定年代里，乡村的寻常景象。

那时候，社员每天做工差不多要十个小时，分为早工，上午工，下午工。早工一般是六点到八点，上午工九点到十三点，下午工十四点到十八点。一年四季，每天都开三次工，风雨霜雪无阻。因此，做队长和副队长的，每天也辛苦，早上天没亮就起床，得比社员早，喊开早工；在他人吃早饭和中饭的时候，他们甚至还来不及吃，又得摸起个铁哨子插进嘴唇间，急匆匆走村串巷，喊开上午工和下午工。一趟开工喊下来，少说也得半小时，喊得口水直喷，声嘶力竭。傍晚收工，因为职责所系，他们往往要比别人迟。到了晚上，还得通盘考虑第二天的生产任务，让全队男女老少每个劳动力都有一份事情做。他们的脑袋，整天就是围绕着田土山岭间的农活打转转。

多数日子，我们生产队喊开工的是副队长申明。每天，国杏队长事先把要做的事情告诉他。他再吹哨子喊开工，原封不动地把事情安排下去，并带头执行。

申明喊开工的场面，我是十分熟悉的。往往在我们吃饭的时候，"曜曜——"的一声长长的口哨，在村巷里猛然响起，尖锐、急促、响亮，仿佛憋足了一口恶气。接连三遍，吹得人心头紧缩。吃饭的赶紧停止了咀嚼，说话的立刻闭了嘴巴，耳背的则干脆走出家门口等着他过来，以至于几十年过去了，每当想起这场面，这尖锐的哨声仍在耳畔环绕，令我心跳加速。尽管那时，我只不过是一个孩子，顶多也就半大少年。

三声铁口哨吹过后，申明大肚子扯着粗喉咙大嗓子，喊起了开工。

比方说，盛夏"双抢"时节喊开工，他喉管里往往爆出这样的喊声：

开工了啊——

到江塘坪里杀禾——

带镰刀——

挑谷箩——

青壮年男子抬打禾机——

妇女杀禾——

老年人晒谷——

他一边喊,一边走。喊了一遍,接着又是吹口哨,重复喊着大致相同的话,安排社员当天的劳动事务。

在申明喊开工的时候,村里其他生产队的队长或副队长,也在石板巷子里走来串去喊开工。他们尖锐的口哨声和喊开工的大嗓门,此起彼伏,响彻整个村庄。

与我家共一条石板巷子,住上厅屋的成朵,那时是七队的副队长。他人矮,头圆脸宽,大鼻子常年绯红,身板壮实,两个小腿肚就像鼓胀胀的弹花槌,长满了寸把长的黑毛。他耳朵有点背,对他说话要粗声大气,很多人都叫他"成朵聋子"。成朵平素话少,力气大,犁田、扛耙、挖土、挑担,样样都是好手。正是如此,他虽没什么文化,也当上了副队长。喊起开工来,他简直是如吼若怒。每天成朵站在我家巷子口喊开工时,就像打雷,常会把我猛然吓着。

喊过开工之后,各生产队的社员,陆续带了劳动工具,走出家门,在村前会集后,跟着队长副队长,络绎向着田野、园土或山岭间走去。

记工员

工分工分,社员的命根。

生产队时期,农民一年到头忙碌而辛苦,尚不得温饱。也因为如此,那时候的乡村,对土地无比珍视。水田种稻,池塘养鱼,旱土种植红薯、小麦、高粱、花生、黄豆、烤烟,山岭种植油茶、杉树、油桐、山苍子,个人自留地种植萝卜、白菜、南瓜、冬瓜、辣椒、茄子种种蔬菜,猪栏里养猪,牛栏里养牛,鸡鸭鹅狗各家

124

也都散养着。如此的村庄,以最大的限度利用每一寸土地,以增加尽可能多的粮食和其他物产,养活人口,增加财富。

那时候,每个生产队一年所得的稻谷、茶油、生猪等主要粮食物产,需首先完成国家的征购任务。所谓征,就是无偿交纳给国家,相当于农业税;所谓购,就是国家按一定的价格进行收购。之后,生产队提留一定的种子用于储备。剩下的,才可以分给各家。无论分粮,还是分油、分鱼、分肉,先是按人口,再就是按工分。人口多的家庭,若是成年劳动力多,工分多,分得的物产就多;反之,家庭小孩子多,或有残疾人和老人,劳动力弱,工分少,分得的东西就少,有时甚至成了超支户。如此,多挣工分,就成了家家户户最重要的事情。

工分关乎每个家庭的切身利益,关乎谷廒的盈亏,关乎肚子的温饱,把应得的工分记好,别错漏了一分工,是每个社员最上心的事情。在生产队,曾有专门的人员来登记工分,就是记工员。

在我们生产队,先后有两个记工员,是我印象最深的,一个是忠文,一个是光朵。他们两个都是很有喜感的人物,忠文五大三粗,脑袋尤其大,走路气喘,见人笑嘻嘻,人称忠文大脑壳;光朵身形细小,脑袋尖,一双小小眼就像画了条细线,永远也睁不开的样子,或许是他这双小眼睛像池塘里总也长不大的麦穗鱼,我们俗称厌呆古鱼(方言读音),他得了个光朵厌呆古的外号。

当记工员无疑要有点文化,忠文和光朵都上过学,能读书看报,当记工员自然没问题。当记工员更要实事求是、大公无私,放得下情面，一是一，二是二，不给自己和亲属多记一分工，也不能给别人少记一分工。否则，就会失去社员的信任，甚至还要挨骂挨打。

那时各家挣工分，通常有这么两个途径。

一是挣底工。每个劳动力的底工，是由生产队社员一年一度集体评议，根据性别、年龄、身体状况、劳动的积极性综合确定的。一般来说，最年富力强的男性劳动力，一个满工日，底工是十分，其他各类劳动力，都要比这低。就我们家而言，我的父亲年龄大，但做事勤恳，底工是九分；我的母亲，底工是七分；我的二姐十二岁开始在生产队劳动时，底工是三分五厘；我和三姐是学生，不是劳动力，自然没有底工。日常生产队喊开工，一般是计底工，也叫日子工。

二是挣定额工。主要又分这么几大块：春季割茅草叶，用来肥田，按草叶的种类和老嫩分等称重，计算工分；早稻晚稻莳田和割禾，按田亩面积计算工分；交给生产队的猪栏淤和粪淤，按稀稠和重量计算工分。此外，还有摘油茶称重记工分，养猪按重量记工分，修水库水渠挖土方计算工分，等等。定额工，往往更能激发人的积极性，充分体现了多劳多得。有的人身体强壮，做事发狠，一天挣的定额工分，相当于平时底工的两三倍。而且，在做定额工的日子，家里的孩子也能帮忙做事。记得我小时候，跟家人一起割肥田的茅草，莳田时扯稻秧，"双抢"时节割禾，霜降上山采摘油茶果，所做的小小事情，能给家里挣来一点工分，被父母姐姐夸奖一番，心里也是十分开心的。

无论做底工还是做定额工，记工员都要认真登记好每个社员的工

126

分。每天下午收工之前,记工员就会掏出记工簿子,逐一询问登记每个社员的出勤情况,所做的事项,应得的工分。到了晚上,吃过夜饭的社员,也会拿了自家人的劳动手册,来到生产队队部,找记工员核对当日的工分,并让记工员登记在自家人的劳动手册上。我们生产队的队部在村南的池塘边,是一间小瓦房,这是全队社员开会议事的场所,是队长、记工员、会计、出纳办公的地方,过节过年分鱼分肉也是在这里。有的夜晚,我也跟随来记工分的母亲和二姐,提着灯火来这里,屋里满是人,声音嘈杂。众人围着木桌边油灯下的忠文大脑壳或者光朵厌呆古,七嘴八舌说着自家人当天所干的活,所应得的工分,并把劳动手册递过去登记。

记工分的时候,争执往往也在所难免。尤其是在一些特殊的情况下,定等级记工分全凭记工员说了算,而当事的社员又不服气,就容易引发争吵。在我们生产队,先前的记工员忠文大脑壳就常跟人争吵。他嗓门大,嘴巴碎,可谓心直口快,评工分记工分拉得下脸面。有一回,全队人家淘厕所送粪淤,忠文在田间负责过秤,并评定粪淤的等级,浓稠的甲等,略稀的乙等,稀汤一样的丙等。日德家的茅厕漏雨,粪水多,评等级时,忠文定为丙等,日德说比丙等要好,要算乙等。两人争来争去,谁也说服不了谁。争着争着,两个人的嘴巴也脏话连篇。一个说,你抓一把吃了,看是不是稠的?另一个说,你捧一把吃了,看是不是稀的?日德火起来了,舀了一勺粪淤就泼在忠文身上,拿起长柄粪勺就要打他。忠文见状,拔腿就跑,日德举着粪勺在后面追，顿时成了全队人看热闹的把戏。

  作为生产队最后一任记工员，光朵那时还年轻，他读过中学，文化程度比忠文高。但他那双缝丝般的眯眯眼，我曾担心他是否看得清东西和账簿。事实上，我那时的小小担心是多余的，他记工一丝不苟，也少言笑，原则性特别强，社员反倒更佩服他。

保管员

  村里的四个生产队，自二十世纪五十年代末成立，到二十世纪八十年代初解体，历经了二十多年。这期间，每个生产队的班子成员几经变更，有的人责任心强，为人处事公道，令社员放心，任职时间也更长。从我出生之前，到我幼年，有差不多十余年时间，我的父亲曾先后担任过生产队的副队长和保管员。

  父亲生于一九一三年，名叫黄观成。在他出生前两个月，我祖父便去世了；十二岁时，我祖母也去世了。从此，他与年长两岁的哥哥相依为命。成年后,我的伯父黄仕成被抽丁去当了几年兵。抗战吃紧的岁月,我的父亲又以五担茶油的身价,顶替村里一个富人去当兵参战,那卖身的茶油则留在家中供养嫂子。最初,父亲在班上当战士,后来连长见他勇敢机灵,就要他当了勤务兵。三年抗日生涯,父亲所在的部队转战湖南、江西和湖北的部分地区。父亲曾加入过敢死队,也参加了著名的常德会战,身上多处负伤。我小时候,每当夜晚时分,最喜欢缠着父亲,要他讲战场上的故事。父亲也总是有求必应,娓娓道来。

三十六岁那年,父亲娶了比他小十八岁的母亲,那时正值湖南解放前夕。母亲名叫邓观莲,也是个苦孩子,幼年丧母,是在继母的打骂中长大的。他们两人都一字不识。曾听母亲说起,解放后,村里办过一阵农民夜校,她和父亲都去学过几天,教他们识字的,是本村的一个老先生。在那几天的学习中,父亲认识了一个"中"字,母亲认识了一个"国"字。两个人合起来,认识了"中国"。

父亲虽说不识字,但打纸牌的时候,"小二""大叁"什么的,他一点都不会弄错,而且打得很溜。不过,要是把这些纸牌上的字,另写在簿子上,让他一个一个单独认,他又不认得了。在我们家,父母同时都认得的数字,是称秤上的数字。当然,如今我也不能确信,他们究竟是认得那修长秤杆上的数字,还是记住了那些星星点点的符号。总之,他们称秤的时候,不会读错斤两。

父亲当保管员时,队长是教义,会计是田云,出纳是孝健,加上记工员得月,只有父亲不识字。所以一直以来,我对父亲能当上多年的保管员，感到十分惊异！父亲健在时，我曾向他提出过自己的疑惑："生产队收入支出那么多，你又不认识字，也不会写数，收进来多少粮油，支出去多少粮油，你怎么就记得那么清楚？难道不会弄错吗？"父亲笑笑说，他也有他的土办法，比方说：在墙壁上画一些符号，每种符号代表一种含义；折一些长短不一的小柴火棍，各代表多少斤两；或者在细绳子上打一些大大小小的结……这些东西，只有他懂得其含义，别人一概不知。正是凭着结绳计数的原始办法，非常好的记忆力，以及强烈的责任心，父亲当保管员的那些年，没有弄错过一笔账目。甚至当年"四清"运动期间，父亲在社员大会上要辞去保管员的职务，"四清"干部工作队还坚持要他继续当。

作为生产队的保管员，保护粮仓安全，防止偷盗，无疑是最重要的事情。在生产队时期，我们村里一个生产队的粮仓就曾出现过一次严重的偷盗事件。那是在夜里，两个年轻人偷偷砸开一个墙洞，从粮仓里偷了两担稻谷。第二天早晨，那生产队发现粮仓被盗，现场还遗留了一只谷箩筐，写着是另一个生产队的。顺着箩筐的线索一追查，就找到了那只箩筐原是保管在某个人的家里。一审，他果然招供了，还供出了另一个同伙。在那个法制尚不健全的年代，对于偷盗生产队粮仓这样的恶行，村里人深恶痛绝，土法伺候，将两人绑在村前朝门口的大树上，打得死去活来，随后赶出了村庄。在我童年时期，这两个人一直流落在外，多年不敢回村。

对于集体粮食和其他物资的保管，各生产队其实都有一套严格的

131

制度。就我们生产队而言，我记忆中曾有三处瓦房是用来存储保管这些物资的。一是生产队队部，在村南的水圳边，生产队分鱼、分肉、分萝卜、分白菜、分红薯……乃至社员夜里来登记工分，都是在这里；二是禾屋，建在生产队禾场的高坎边，底层是牛栏，上面在收割季节用来堆放稻谷，有时生产队分稻谷口粮，也是在这里；三是粮仓，位于村前朝门口附近，存储着全生产队一两百号人一年的口粮和稻种。管理这几处公房的钥匙，生产队干部职责分明，相互制约，谁也不能逾越。尤其是粮仓重地，开锁的钥匙必定是由保管员掌管，里面存储了多少粮食，会计和出纳那里都有详细数目，出了问题，首先自然也是拿保管员是问。

父亲五十六岁时，我才出生。我记忆中，有一件事情印象非常深刻，就是生产队收割早稻和晚稻之时，父亲常在禾场上管晒谷，管过秤，管车谷。那时我还小，也常跟着他到禾场上玩耍。傍晚时分，社员们把晒了一天的稻谷收回禾屋，堆成金色的稻谷堆子，父亲便提了一个四方的小印桶，在谷堆子上密集地盖上石灰印，一如现在的印章。这样的印桶，每个生产队都有，为示区别，印桶底板雕刻的字各不相同。我们生产队的印桶，印出的是一个"中"字，刚好也是我父亲唯一认识的字。锁上禾屋，父亲将印桶提回家保管，然后安排当晚值班看守的社员，两人一班，并把钥匙交给他们。

等第二天一早，父亲查验禾屋谷堆后，再收回钥匙，又开始了新一天的忙碌……

赤脚医生

我一向害怕打屁股针,哪怕是我大姐荷花给我打。侧身坐在木凳上,当我极不情愿地褪下裤头,露出一侧光屁股,身体已然发紧起来了,不停跟大姐说:"打轻一点,打轻一点。"大姐扑哧一笑:"还没打呢!看你怕得这个样子。"猛然,我感觉屁股上一点冰凉,是大姐夹了棉球涂抹碘酒,又是一紧,上身僵直,连连喊着:"轻点,轻点!""放松,不要怕!"大姐正跟我说话间,那根尖锐的长针已果断扎进屁股,剧烈的钻痛顿时传遍全身,我忍不住大喊一声:

133

"哎哟！"钻痛在向肉里持续，弥散开来，我咬着牙，泪花已涌上眼眶。大姐两个指头揉着我打针的部位，针头突然一拔，终于打完了！我忍着痛，要好一会才站得起来，把裤子提上。

在故乡一带，大姐称得上是知名人物，她是最早且行医时间最长的赤脚医生。大姐比我大十七岁，有时我从外村路过，别人问我是哪里人、谁家的孩子，我会首先说出我父亲的名字，然而许多人并不知道。我于是说："我是荷花医生的弟弟。""哦！荷花医生，知道知道，你是她的弟弟呀！"在这样的语气中，我仿佛有了某种骄傲！

大姐少女时代就当了大队保健员，也就是俗称的赤脚医生。她聪慧好学，对医生的职业怀着崇敬和向往之心。至于她小小年纪就走上了从医之路，还要从我们村庄曾经发生的一场炭疽疫情说起。在故乡，疔疮曾经是一个令人谈虎色变的名称。我很小的时候，就经常听父亲说起，我的爷爷就是夏天吃了病死的牛肉，得疔疮病死了。我是许多年之后，才知道这种可怕的疾病就是炭疽病。

那是一九六四年端午节，其时大姐十二岁，正在公社所在地的西禅究小读六年级，即将小学毕业。这个节日里，恰巧我们村庄的一个生产队——六队病死了一头黄牛，六队便将死牛宰割后，把肉分给了全队社员。几天后，六队陆续有社员发病，身体发烧，红肿溃烂，照以往的经验，人们知道这是吃了死牛肉生疔疮了。这突如其来的传染病疫情，很快就从大队一级一级上传。省、地、县三级卫生部门都派了人下来，经化验，确诊是炭疽病。随即，一个医疗队来到了我们村庄，把六队的队部改成了临时病房，所有发病的村民都集中在这里进行治疗。

那段时间，大姐刚好小学毕业回到了家里，她天天跑到队部看医生和护士看病打针，神情专注。一天，一个为首的中年医生好奇地问她："小姑娘，你天天来看，想不想当医生？想不想学？"大姐开心地说："想啊！"那医生果然就拿了一个注射器来，教她如何用拇指、食指和中指捏着针头，在纱布上练习打针。大姐天资聪慧，一教就会，这医生对她连连夸奖。自此以后，大姐每天去得更勤了，仔细看医生打针换药。那和蔼的医生，又教她在屁股上打针。

又一天，那医生问大姐住在哪里？大姐把这事告诉了父母，我那热情好客的父母便让大姐喊医生来家里坐。那天晚上，这医生和几个人果然来到我家里。此时，我家人方才知道，这位态度和蔼的主治医生是县人民医院的肖作舫医生，曾经是一名军医。随之而来的，还有护士李金容，以及县卫生局的负责人。父母连忙泡茶待客，虽然是贫寒人家，但那份待客的礼数和真诚，出自乡村人的良善本质。

那以后，医疗队的医生和护士在空闲的时候，常来我们家坐坐，喝喝茶，吃点咸菜，有时也喝点红薯酒。尤其是李金容护士，还执意要在我们家睡，与我大姐同床。这些事情，发生在我出生的前几年。在我小时候，经常听父母说起这段温暖往事。

两年后的一天，一个喜讯突然降临我们家。时任大队支书黄孝宣来到我们家，通知我父母说，公社卫生院要培训保健员，每个大队推荐一人，我们大队决定推荐荷花，她有文化又长相出众。真正能当医生了，十四岁的大姐喜出望外。第二天一大早，她就按通知要求，步行十多里山路，来到当时的公社卫生院报到。那时，公社卫生院条件还十分简陋，设在一个村庄的宗祠里，当大姐前来报到时，卫生院院长陈民景医生惊掉了下巴："怎么这个羊乌大队派了个刚断奶的小娃子来当保健员？"原来，其他大队都是派了成年人来学，只有大姐还是个小姑娘。但在半天的培训里，大姐的表现却令这个卫生院院长刮目相看。无论他教打针、扎针还是中暑急救等知识，面前的这个小姑娘都是接受能力最快的，以至于许多年之后，陈医生与大姐成了老朋友，谈起这最初的印象，两人都还笑得乐不可支。

保健员培训结束后，大姐领到了一个保健箱，里面放着一包银针、一把镊子、一瓶碘酒，外加一些仁丹、清凉油、十滴水、黄连片、去痛片、甘草片等药品，当天中午高高兴兴回到村里。

大姐挎着医生箱子回村的消息，一下子传开了，许多人前来看她问她，仁德就是其中一个，他是个爱说爱笑的小伙子。他对大姐说："荷花，听说你当医生了，学会了什么？""我会扎针。"大姐笑着说。仁德便让大姐给他试试，大姐胆大，放下箱子，拿出银针，按照上午培训所学的，就在他膝盖骨上的穴位扎了起来，一面向他讲解，如果扎对了位置，就会麻痹，不会痛。"麻了，麻了！"仁德笑哈哈地说，就这样成了大姐手下的第一个"病人"。

作为大队的保健员，大姐一面参加生产队的劳动，一面履行医务人员的职责。有社员头痛脑热，或者有其他小毛病，来找她寻医问药，她就打开那个保健箱，拿出一点对症的药品。这些药品给哪些人用了，用了多少，她都要在本子上一一记清楚。药品用完了，再到公社卫生院去领取。有时，公社卫生院的医生来大队搞预防，大姐就协助他们，带他们到各生产队发预防药，打预防针。那个年代，预防麻疹和脑膜炎，是乡村卫生工作的重点。

十七岁那年，作为"社来社去"的农民学员，大姐被推荐到郴州地区卫校学习半年，接着又到永兴县人民医院实习半年，师从肖作舫医生和李金容护士长。之后，她又学习了一段时间中草药。这些专业医学知识和技能的学习，让大姐的医疗水平有了极大的提升。学习回来，大姐在羊乌大队的农村合作医疗点上班，成了一名副其实的赤脚医生。那时候，合作医疗点一共两名医生，另一个邓医生是国家正式医生。日常里，大姐负责打针、看病、发药，并兼管药房。而作为农民身份的赤脚医生，大姐依然是大队计算工分，每天十分工，另加每月由公社卫生院补助八块钱。只是几年后，农村合作医疗点就停办了。

大姐出嫁得早，就嫁在本大队的油市塘村，这是一个很小的村庄，与我们村仅一江之隔。我四岁就当了舅舅，在我小时候，家里还曾留着好几本字典般的医书，那是大姐的书，我和二姐、三姐还经常拿出来，翻看书中各种各样草叶的图片，并认识了一些中草药的名称和功效。

赤脚医生

几十年来，大姐一直在故乡的土地上行医，风雨无阻，不论日夜。她给无数乡人解除过病痛，也将数不清的新生儿迎接到温暖人间。

139

　　我在羊乌完小上学时，与学校隔了一大片水田的石板路旁，曾有一栋单独的破旧瓦房，那就是曾经的农村合作医疗点，那是我大姐曾经工作的地方。

　　岁月流转，生产队解体，分田到户，农村医疗制度也几经变化。不变的是，几十年来，大姐一直在故乡的土地上行医，风雨无阻，不论日夜。她给无数乡人解除过病痛，也将数不清的新生儿迎接到温暖人间。

民办老师

在故乡,民办教师通常被称作民办老师,这是一个特定历史时期的称谓。上溯起源,最早是出现在二十世纪五十年代全国中小学全部转为公办学校的时候。二十世纪六七十年代,随着人口的增长,教育规模的扩大,乡村的师资力量更为缺乏。那时候,许多在乡村具有一定文化的中青年男女农民,都曾当过民办老师。

一九七六年,我七岁,开始上小学;五年后,小学毕业。我的小学阶段一共读了两所学校,一年级和二年级是在本村的学校,三年级到五年级是在羊乌完小。我读小学的五年里，教我的老师，大多数是民办老师。在那个年代，这差不多也是乡村学校的普遍现象。

我们村的学校，在村北黄氏宗祠旁，是一栋两间两层的小瓦房，与宗祠外墙仅隔着一条石板巷子。这段小巷之上，搭建了木梁木板，两端有栅栏，盖了小青瓦，形成了一个仄小的阁楼，楼板与校舍的二层平齐，一跑木板楼梯连通上下。在我读一年级和二年级的两年里，教室在楼下，楼上是老师办公兼生活用房。每天上课之前，老师拿了小铁锤，站在小阁楼打点。随着他匀匀敲击，那悬挂着的长条状厚实铁块，发出"当——当——当——"的清脆响声，我们便赶紧跑进教室里坐好，等待老师来上课。

那时，教我们的老师只有两人，一个是黄孝清老师，另一个是刘金仁老师。黄孝清老师是我们本村人，他家就在我家附近，可说是近邻。刘金仁老师家住朽木溪，那是一个风景很漂亮的小村，村后有一棵古樟，有一片棕树林和竹林，离我们村庄也就两里路的样子。他们都是民办老师，正值中年，都已成家生子。相比而言，这两位老师，我更害怕黄孝清老师一点，他向来严肃，又与我住得那么近，我在学校若是弄出个调皮捣蛋的事，他随时可以跟我母亲说，给我招来一顿责骂。刘金仁老师脾气好，性格温和，又爱讲故事给我们听，我很喜欢他。夏秋晴好的日子，午休时分，刘老师有时就走路回家吃饭，我和几个同学也常跟着他去。为抄近路，我们一行在稻田间穿行，到了江边浅滩处，他赤脚过江回家，我们就在稻田间抓泥鳅鱼虾，一直等到刘老师过江回来，才一道回学校。曾有一段很长的日子，刘老师每天放学之后，会拿出一本厚厚的书，给我们讲杨子荣、座山雕、孙达得……讲那神奇的北方森林、滑雪、剿匪……让我们听得如痴如醉。只是每次我们听得入神的时候，他的故事却讲完了，说要明天下午再接着讲。这样，我们就只得恋恋不舍地回家。许多年后，每当我回想起这段童年经历，心里总是一片宁静和温暖。我想，我后来之所以爱上文学，爱上写作，希望也能写出让人喜欢的好书，与刘老师不经意间在我幼小心田播下的一颗文学种子不无关系。

比起规模宏大的黄氏宗祠来，我们那时的校舍是如此之小，以至于到了三年级，我们就要到羊乌完小来上学。羊乌完小位于上羊乌村，离我们村两三里的样子，那时都属于羊乌大队。读三年级的时候，教我数学的是黄国忠老师，他是一位非常帅气又爱笑的年轻人。他是上羊乌村的人，那时刚二十岁出头，高中毕业三年后，被学校请来当代课老师，半年后转为民办老师，除了教我们数学外，还教全校各年级的体育，并担任二年级的班主任。我非常喜欢黄老师的数学课，黄老师待我也十分好，有的时候，他甚至带我去他家。他家在一棵老柏树的旁边，家里有好些连环画。有一次，我赤脚在教室外的礼堂木台上奔跑，猛然被一颗大铁钉扎进脚板，流了一摊的血，痛得我坐在地上大哭。黄老师闻声赶来，把我抱到老师办公室他的座位上，给我洗脚包扎。午休时，他又从教师食堂将他那钵香喷喷的热饭菜，端来给我吃。这件事于我是如此的刻骨铭心，每次想起，都心怀感激！

　　在我故乡一带，另有一位民办老师，名声格外大，口碑格外好，就是黄庠金老师。黄庠金老师也是上羊乌村人，他与我大姐荷花年龄相仿，年轻时他们是很好的朋友。黄老师是二十世纪六十年代中期的高中毕业生，之后曾有几年，全国各地的学校差不多陷入停顿状态，他自然也是回村里当农民。一九六九年，我们这一带的学校恢复教学，因老师紧缺，他被大队选中，当上了民办老师。黄庠金老师曾在我们村里的小学教过几年书，我二姐贱花和二姐春花都是他的学生。我在羊乌完小读小学时，他因教学成绩突出，已从羊乌完小调到洋塘中学当物理老师兼校医去了。

　　黄庠金老师多才多艺，他书教得好，又会吹拉弹唱，还懂医，会做厨，为人又热心，救治过不少村民，因此，在我们当地很受人尊敬。他在中学当老师时，每个星期六的下午，必定步行十余里路回家，这样就经常路过我家门口。他与我们一家人都很熟，还是远亲，有时也顺道到我们家坐一坐。有一天中午，我母亲坐在厅屋里闲谈时，说到我家的电灯早几天就不亮了，这时，同住大厅屋的青年人国平说，他可以帮我们看看。他赤脚站上我们家灶台，正举手摘灯泡，猛然就栽倒下来，不省人事。我母亲顿时慌了，赶紧喊人。闻讯而至的邻居连忙把国平抬出来，放在厅屋地面上躺着。大家一时都手脚无措，不知如何是好。有人说，这是触电了，要赶紧喊庠金老师来救人。

　　好在那天恰逢星期六，按往常的规律，庠金老师必定从我家所在大厅屋门前石板路经过。我母亲急得不时到路上去望望,嘴里喃喃自语:"这个庠金怎么还不来呢?这个庠金怎么还不来呢?"在焦急的期盼中,黄庠金老师终于出现在众人的视野,我母亲如获救星。

那时我年小,正在羊乌完小上学,我目睹了这场事故的前前后后。许多年之后,我与黄庠金老师谈到这次救国平的事情,他神情严肃地说,当时国平已处于触电后的休克状态,只有微弱的气息,情况十分危险。当年,他一面让众人取下一扇门板,把国平抬到门板上平躺着,一面取出身上随时携带的一包银针,连忙在国平的人中、合谷、涌泉等穴位扎针。三四分钟后,国平的手脚渐渐有了抽搐和摇动。大约十分钟后,神奇的一幕出现了,国平缓缓睁开了眼睛,苏醒了过来,且慢慢坐起了身子,仿佛大梦初醒。满厅屋的人,这才都松了一口气。见国平已无大碍,黄庠金老师嘱咐他休息一下,就离开了。此时,他急着赶回家做农活。

这些民办老师,一直在本乡本土教书,时间短的教了七八年,时间长的教了一辈子,他们此后的命运各不相同。在生产队时期,民办老师的待遇分为两部分:一部分是计算工分,每天十一分工,高于务农的成年男子劳动力最高工分一分工,一年按三百六十天出勤,由大队记工,然后把工分下拨到其所在生产队;另一部分是由公社按每月五块发放工资。后来分田到户,工分没有了,虽然工资略有提高,但对于养活一家人来说,还是杯水车薪。正是在这样一种艰难的境况下,黄孝清老师和黄国忠老师先后从学校离职了。黄孝清老师是好砌匠,有许多年，他在周边村庄帮人建房子。黄国忠老师则去了广东打工，还曾在小煤窑当过矿工。刘金仁老师和黄庠金老师则选择了坚持，继续当民办老师，直到多年之后，根据国家相关政策，两人都转为了公办老师，也算圆了平生夙愿。

如今，这些当年的民办老师，有的已不在人世，有的还在乡间做农民，有的则在城镇过上了闲适的退休生活。无论命运如何，他们在乡村大地上，曾用知识点亮过无数孩子的生命，永远值得我们尊敬！

广播员

分田到户后,我们村后古樟上那个大高音喇叭,就被人从高高的枝丫间取了下来,不见了。从此,那曾经听惯了多年的高亢歌声,不再响彻村庄的上空,不再震荡山野。

我至今仍清晰记得,村庄最初架电的一些情景:那些又长又重的水泥电杆,前后端由众多男性社员用竹杠和铁丝圈抬着。他们穿着草鞋迈出的脚步,艰难而缓慢,将一根根电杆抬往要安装的田野或山间。在抬电杆的队伍中,我曾看到我的父亲,那次他们抬着电杆正从我家老厅屋大门口的石板路上经过,我站在门口观望。若干日子后,我们的老厅屋来了外来的电工,在墙上打洞,穿电线,安装了电灯。听我大姐说,我们村是一九七二年架电的,第二年正式通了电。如此算来,我那时还是三四岁的孩子。

通了电的村庄,不知从哪一天起,就有了广播。那个大高音喇叭,就安装在村后一棵巨大高耸的古樟树上。这里是村庄后龙山的脚下,地势在此形成陡坎,坎高数丈,坎下是我们村庄大片青砖黑瓦的房屋。坎上的古樟树有好几棵,枝繁叶茂,浓荫覆盖,每棵树都要好几个成人才能合抱。喇叭安装在最中间的那棵古樟树上,在两个比木水桶还粗的枝丫间,高高在上俯瞰着村舍和田野。我与小伙伴曾无数次来到这古树下,仰头看那大喇叭,将头仰得酸痛。

曾经许多个日子,我正在村前的水田里抓泥鳅鱼虾,突然喇叭就响起来了,先是播放好听的歌曲,声音激越而嘹亮,宁静的村庄一时变得热闹起来。我知道,这时已到中午时分,快吃中饭了。那时我已看过露天电影,对《三大纪律八项注意》《洪湖水浪打浪》这两首歌尤为熟悉,不但电影里唱过,广播里也反复地唱过。每每这时,我常站在田间谛听,忘了抓泥鳅鱼虾。我有时望着歌声传来的那大樟树想,怎么那个大喇叭里有那么多人说话唱歌呢?也没看见有人在里面呀!

确切地说,我是到了读小学三年级,才知道大队部有个广播室。那时,我们村庄的小学只有一年级和二年级。到了三年级,就要到羊鸟完小去上学。羊鸟完小在上羊鸟村,我们每天上学和放学要经过下

148

羊乌村，而大队部就在下羊乌村旁的一处空地边，是一排一层的人字坡瓦房，也是我们的必经之地。大队部坐西朝东，最北侧的一间就是广播室。我们上学路过时，曾多次趴在窗户上，朝里面看，能看见桌子上放广播的大匣子、话筒、唱机和圆圆的唱片。挨着广播室的一间房子，靠窗的桌上有一台黑色的手摇电话机，窗户似乎经常是打开的，偶尔我们瞧里面没人，就伸手拿起听筒，狠狠地摇几圈手柄，那听筒里立时就会响起"喂，喂喂……"的声音，有人在听筒里面说话。我们一阵大笑，把听筒扔在桌子上，赶紧跑了。

每天来广播室放广播的，是我们村的隆柏，他是大队的广播员。那时他已有儿女，应该有三十多岁了吧。常听人说，隆柏曾在福建前线当兵，是管无线电的。尽管我那时并不知道福建在哪，前线和无线电又是什么东西，只觉得他好厉害！也正因为他懂无线电，大队有了广播室以后，他就当了广播员，每天早中晚三次，他要走路来广播室放广播，放完广播后，再回村里干农活。我们村到大队部大概两里路，中间隔着稻田和江流，这样算来，他每天少说也要往返三趟。自然，按那时的规定，他当广播员，肯定也是要算工分的。

我大姐比我大十七岁，常听她说，隆柏年轻时是个活跃分子，他退伍回到村里后，成了村里的宣传队员，经常到公社、大队比赛，上台演出。有一次，他们到景星大队的莲塘村比赛，大姐与他同台演出，在唱一首歌时，隆柏一时忘词了，他灵机一动，顺口就唱成了："莲塘冇（方言，无）米，莲塘冇米，家家户户吃红薯。"在伴奏员高昂的二胡声里，轻易掩饰过去了。莲塘是我们周边的一个小村，那时穷，即便招待外村来的宣传队员，也只能吃红薯。自此以后，这句唱词传开了，成了十里八村的笑谈，也成了以往清贫岁月的真实写照。不过，待我上学时，村里的宣传队已成为历史，不再存在了。我记忆中，那时的隆柏，高个子，脸瘦而黑，走路风风火火，不苟言笑。若他开口笑时，一脸皱纹，露出个亮晶晶的银牙。

每天早晨，隆柏广播放得早。有时下大雨下大雪的日子，我们还没起床，村后那广播就响了，最先通常是唱歌，《东方红》《大海航行靠舵手》……这些激越高昂的歌曲，催醒了我们的晨梦。平日里，我母亲有早起生火泡茶的习惯，但她听到广播，也常感叹："这个隆柏，起得真早！"

广播里除了放歌，还转播新闻节目、天气预报和进行报时。新闻节目对我来说，没什么印象。我记得每次播天气预报时，在报了一串地名之后，总要说到一个"局部地区"，尤其爱说"局部地区有雨"。我就暗暗生了疑问：这个"局部地区"是在哪里？怎么总是在下雨呢？整点报时我也爱听，在均匀间隔的几声清脆预备音之后，报出一句："现在是北京时间七点整。"中午的时候，就能听到报十二点整。

广播里也经常插播通知，"喂喂，现在广播一个通知……"播通知的多数时候是孝照，他是我们村里的人，长期担任大队支书，爱上台讲话。有一段时间，各个生产队都在遵照大队指示挖土方，预备修建一条环绕整个大队的水渠，将那些旱土改造成水田。那一阵，广播通知就更频繁了。只是这宏大规划，直到生产队解体，广播室关闭，隆柏不再当广播员，也没有完成，成了个遭人诟病的烂尾工程。事实上，以如今的眼光看来，也完全不切实际。

无论在隆柏当广播员期间，还是后来他不再放广播了，我母亲偶尔遇着铜茶壶嘴子漏水了，就会提了铜茶壶去隆柏家，请他补一下漏。听我母亲说，隆柏会电焊，人又好，他用锡条焊一下铜茶壶就补好了。这把陪伴了母亲一辈子的铜茶壶，我至今仍珍藏着，上面的锡焊补疤仍然清晰可见。

古樟上没有了高音喇叭的年代，乡村少了激越，多了宁静。

邮递员

小时候，我在村里看到的最早推单车的人，就是邮递员雷玉才。说是推单车，是因为在我的印象中，很少看到他骑单车。那时，村里人把邮递员叫作送报纸的，或者叫作走信的，自行车则叫单车。当弯弯扭扭的田野小径上，远远地出现一个人影，推着单车，朝着我们村庄走来，我们就知道，是送报纸的来了。

这送报纸的年轻人就是雷玉才。在生产队时期，全公社就他一个送报纸的，因此，他差不多每隔两天，就要来我们这一带的村庄、学校、供销社送一趟报纸和信。当他来到我们村前朝门口的柳荫下，停好他的单车，我们常会围拢过去，看他那辆黑亮的大单车。这单车后座一侧，挂着一个鼓囊囊的绿色大布袋。他俯身掀开布袋盖子，我们能看到里面叠得整齐的报纸，有的报纸里还夹着信封。这些报纸是大队、生产队和学校订阅的，信则不一，有公函，也有私人信件。当他拿了一些报纸和信走进村巷里去送时，就有胆大的孩子，不时按几下那个溜圆锃亮的单车铃铛，"丁零丁零"，发出一串串的清脆响声，很是悦耳！雷玉才身材结实，爱笑，每次来到村里，好多人都热情地跟他打着招呼，他也忙不迭地笑着回应。过了一阵，他从村巷里送了报纸和信出来，便又推了他的单车，沿着光亮的青石板路出了村，在田野间或山脚下行走，往别的地方去了。

也有的日子，出于信任，有的乡人在收到外面亲人寄来的汇款单后，又委托雷玉才下次从邮政所取了钱送来，这样免得自己往返走一趟长山路。信任难却，雷玉才也就应承了下来。只是他的责任，就更重了。正是因为这份朴实的信任，雷玉才在故乡一带的村庄，是很受尊重的。每次他来村中送信，跟他热情打招呼的，邀请他到家中吃饭的人，就不少。

就我们家而言，雷玉才与我大姐荷花十分熟悉，年龄也相仿。大姐家住在村口老槐树旁，是往来行人的必经之处。那时候，我大姐夫从部队转业后，在远地铁路上当火车司机，我大姐带着孩子在家，曾有很多年，通信于他们而言，很寻常。也因此，雷玉才与我大姐就更

153

熟络。有的日子，雷玉才送信来到大姐家，走得又累又饿，要是恰好遇上午饭时分，大姐就会邀请他吃了饭再走。

听大姐说，雷玉才是本乡仁和圩人，是顶了他父亲的职当上邮递员的。他之前在马田邮政所工作，后来调到了高亭邮政所。长期以来，无论在大集体时期，还是分田到户之后，高亭邮政所分管了周边三四个乡镇的邮政事务。也就是从那时起，雷玉才专门负责跑我们这个公社（后来改作乡）的投递，算是到了本土本乡工作，轻车熟路，人熟地熟。

仁和圩这个地名，我早有耳闻，那里产出的黄豆酱油负有盛名。但我真正第一次从那里经过，则是读初三的时候。仁和圩位于一条过境公路的两旁，地势高，无论来往，车辆和行人都要经过长长的上坡和下坡。历史上，这里也曾经是一个小圩场，不过当我初次经过这里时，除了远远就闻到浓烈熏人的熬制土酱油的气味，已经没有了圩场，只是一个小村庄。村前公路边，有几个卖酱油的小店铺，摆着一大钵一大钵的土酱油。这里也是洋塘与高亭两个乡域的边界地带，过了仁和圩，沿公路再走十多里，就到了高亭邮政所。一直以来，包括我大姐在内，我们那一带的乡人如果要取汇款，或者要汇钱出去，就得步行二三十里路，到高亭邮政所来办理。

做了邮递员的雷玉才，平时也是住在仁和圩的家里，并在村里娶妻生子。每天上班，雷玉才一大早骑了单车，赶往高亭邮政所领取当天的报纸、信件、汇款单，而后再骑车回家中吃早饭。吃过早饭后，他和他的单车、邮袋，就出没在绵延的山岭和田野之间，出现在一个个大大小小的村庄里，要很晚了，才又疲惫不堪地回到家来。按照他自己设定的投递线路，走完整个乡域的一趟投递，通常需要两天。就这样，寒来暑往，日复一日，他将一份份报纸、一封封书信、一张张汇款单，送到了山乡的每个角落，送到了无数人的手中，沟通了这方土地与天涯海角的音信和情感。

我高中毕业后，考上了中专，学校在湘潭，与家远隔数百里。这样，我也开始与家里通信。父母不识字，我的信经过雷玉才的手，到达父母手中时，他们必定是让我姐姐们念。姐姐有时给我回信，也是托付雷玉才给我寄出。我的信有时在末尾写让家里寄生活费，这让父母在收到信的开心之余，又不免为筹集我的生活费而发愁。

以后的岁月，因为亲情、友情、爱情，以及文学上的追求，我的信件，频繁寄往各地。来自各处的信件，通过一个个邮递员的手，也不断抵达我的手中。这些信件，给了我温暖，给了我慰藉，给了我人生路上前行的力量。记得我读中专时，曾写过一首诗，里面有这样的诗句："绿色的使者来了，我又怀抱着绿色的希冀！"是我那时对渴望收到信件的心情写照。

从我青年时代起，我就很少再见过雷玉才，但他那热情、爱笑又爽朗的形象，那台挂着绿色大邮包总是与他相伴的自行车，我一直记得。

真要感谢雷玉才！感谢那些在条条崎岖弯曲的邮路上，默默奔走的邮递员！

邮递员

日复一日，他将一份份报纸、一封封书信、一张张汇款单，送到了山乡的每个角落，送到了无数人的手中，沟通了这方土地与天涯海角的音信和情感。

营业员

老全来油市塘供销社当营业员后,就在这里扎下了根,直到老死在这块土地上。

旧日的故乡,油市塘是与我们村挨得最近的一个小村。两村之间仅隔着田野和江流,直线距离顶多里把路。油市塘素称十户九姓,且是一处交通要冲,周边的乡民要赶黄泥圩或东成圩,甚或去远地坐汽车坐火车,都要从此经过。这村只有一条南北向的青石板街,街两面多数是店铺式瓦房,檐下有木廊木柱,形同吊脚楼。每逢赶圩日,这条石板街上人来人往,很是热闹。因是交通要道,这里曾经聚集了一些店铺,诸如打铁铺、缝纫铺,甚至有供远人或行脚商夜晚歇息的民宿。

这小村风景也好,有溪流绕村,街南头有进村石板桥和小凉亭,凉亭边的溪岸有一棵古槐,高大挺拔,虬枝密叶,夏日开花之时,一串串洁白的花朵垂挂,一个村子都是香的。古槐旁边,那时我大姐家就住在这里,她很早就嫁到这个小村庄。街北头那栋瓦房,就是油市塘供销社,我们习惯叫合作社。供销社的后面,是一片茂密的平坦树林,以高大的枞树和罗木石楠为主。在故乡的方言里,罗木石楠俗称雀梨树,因此,这处树林又叫雀梨坪。雀梨树木质坚硬,树干密布长而锐的大刺,春天里嫩叶粉红,树冠开满了一丛丛的细碎白花,十分好看。雀梨花谢后,结出一丛丛密密麻麻的小圆果,我们也是叫雀梨。这树树稠密的雀梨,在深秋由原先的暗红色变成紫黑,粒粒滚圆,小手指头大小,就带甜味了,是我们童年和少年时代爱爬树摘吃的野果。油市塘供销社是远近乡民购买日用品的地方,小时候,我就经常跟随母亲,走过村前江上的木桥,穿过田埂,上一个斜坡,经过一片平整的园土和这片雀梨坪,到供销社来买煤油、火柴、盐之类的东西。

供销社坐西朝东,是一栋二层老瓦房,前门宽敞临街。走进大门,但见一道水泥抹面的砖砌柜台,三面围合,将顾客与里面的货架货品隔开。柜台有大半个成人高,南侧的柜台专门卖布,货架上放着一卷卷崭新的布匹,颜色各异,蓝布、黑布、白布、红布、花布……

都有；正对大门的柜台最长，是卖锅、盆、口杯、针线、扣子、套鞋、筒靴、皮带、铁桶、小人书等日杂品的；北侧柜台主要是卖煤油、火柴、食盐和糖饼、罐头之类。我母亲来供销社，多数时候便是与北侧的柜台"打交道"。这房屋的背后，有一个后门，营业员日常从这里进出。

这栋用作供销社的房屋，原是大队建造的，比我出生的年份还早。最初来这里做营业员的，曾是大队选派的本地年轻人。不过，在我童年时代，供销社的营业员已是吃国家粮的外地人，刘志英和老全，是我印象最深的两个。

刘志英那时已结婚，还没有孩子，她丈夫在远地工作。她穿着体面干净，爱笑，爱与人热情打招呼。照村里人的说法，刘志英很合时，与油市塘和我们村里的很多人都熟悉，人也没架子。我大姐曾是本地多年的赤脚医生，与她年龄相仿，这样她与我大姐平素就更谈得来，成了朋友。有时在夜里，我大姐来我们家，也常邀了刘志英一同来闲坐闲聊。我的父母又向来好客，有贵客来访，自然热情有加，留她喝茶吃饭，也是常事。这样，我们一家人与她都很亲近。她在这里当营业员的时间不很长，后来调到本公社的文明圩供销社去了，离我们这里有十多里路远。有一次，我母亲和我二姐去那边修水库，回来的时候很晚了，走到文明圩供销社找她，与她同睡了一晚。这件事，我母亲和二姐在以后的岁月说过很多次，感念着她为人的好。

老全来这里当营业员时，已是中老年的模样，人们都叫他全师傅。

全师傅中等个子，圆脸，身材精瘦，看起来又干练又和善。据略了解他的人说，他本是衡阳人，年轻时来到距我们这里二三十里的马田圩开店铺卖布，公私合营的时候，他成了供销社的营业员，先是在马田圩供销社，后来几经转折，最终到了我们这里。全师傅说话，虽是一口衡阳腔，但因在我们这一带村镇工作生活很多年了，也能说我们这边的方言，因此，他说话我们都听得懂。

小时候，我喜欢来供销社看里面各种各样的好东西。有时随母亲来，有时上山捡柴，或者跟着同伴放牛，路过供销社时，也走进去看。这个柜台瞧瞧，那个柜台看看，总也看不够。尤其是看到里面摆放着的连环画小人书，更是羡慕得很。我也爱看别人买东西，看那两三个营业员站在柜台里卖东西。有人提着油瓶子来北侧柜台打煤油了，营业员就取一个漏斗，插在揭了盖子的油瓶口，而后用一个小铁皮提子，从大煤油桶里舀一提子或两提子的煤油，倒入油瓶中；有人来长柜台买针线扣子了，这营业员便去拿针线，抓一把黑扣子放在柜台上数数；若是有人到南侧的柜台扯布，营业员就从货架上取下布匹，放在柜台上摊开，拿了竹尺，一尺一尺地量，而后剪一个口子，双手用力一扯，"哗"的一声，将布撕了下来叠好……三面柜台，整日里人来人往。

全师傅似乎多数时间是在北侧的柜台卖货，我也多次看过全师傅称糖饼，无论我母亲来买，还是别的人来买，都会跟他争秤。这会儿，他先在柜台上铺上一张或两三张比蒲扇还大的四方形黄草纸，手中提着一把带圆盘的小杆秤，一面抓了糖或饼称重，一面添添减减。站在

161

  柜台外面的人，紧紧瞪着那秤尾巴，若是秤尾巴是平的，或略低一点，就会说："再添一点，再添一点。"直到那秤尾巴略微一翘，才满意地露出笑容。全师傅将称好的糖饼，一一倒在草纸中央，灵巧地折成一个或几个包封，推到柜台外边。柜台外面的人接过，钱物两清，满意地离开。也有的时候，来买东西的人，钱不够，或者没有钱，临时向全师傅赊账，他在本子上记一个数，也会让人把东西拿走。通常而言，那时的乡民都很守信誉，等赶圩卖了土产，就会赶紧来把赊欠的钱还上。亦因此，在我们周边的乡村，全师傅口碑极好，深受人尊敬。

  全师傅受人尊重之处，还有一件，就是他会治疗跌打损伤。周边的乡村，有人摔断了手脚，常慕名来请全师傅去治疗。他走村串户，就与乡人更熟络了。走在村巷里，碰到他的人，都会热情地向他打招呼，客气地邀请他进屋喝酒吃饭，"全师傅""全师傅"地叫着，口响得很。每每此时，全师傅满面笑容，客气地应和几句，然后朝着要去的人家走去。

  不几年，一座新的供销社房屋在雀梨坪建成，老供销社关门落锁。新供销社呈"L"形，北侧是一栋两层的平房，比原来的老供销社大多了，一层卖百货，二层住宿。东侧长长的那一排一层的平房，有十多间，是食堂和生资门市部，卖各种农药化肥，以及农机和农具。营业员也一下子增加了好几个，老全依然是卖百货。在分田到户前后的那几年，恰逢改革开放，双季稻盛行，农村百业兴旺，现在想来，这也差不多是油市塘供销社最鼎盛的时期。

162

  我中专毕业参加工作，正值二十世纪八十年代末，市场经济和改革浪潮方兴未艾。我所在的县城国营小建材厂因效益不好，濒临破产倒闭。位于偏远山区的故乡，油市塘供销社也面临着同样的命运。各个村庄里，已陆续有了小卖部，远近的农贸圩场也繁荣，来供销社买东西的人越来越少。经过一轮承包，除了老全，原来的营业员都走光了。偌大的供销社，好些年来，只有老全和他那来自衡阳乡下的儿子一家人。

  老全大约是二十世纪九十年代末去世的。那次，他在附近一个小村里与人喝酒，当场脑出血，是他儿子叫了我大姐去打针，一同弄回油市塘供销社的。几天后，他就遽然而逝。

  老全的骨灰，连同他的儿孙，又重新回到了他的故乡。此后，油市塘供销社便一直荒废着……

管电员

从桐油灯盏,到煤油灯盏,再到电灯,这差不多是半个世纪之前,发生在故乡大地上的照明史。我童年时,还曾见到过家中早已弃之不用的桐油灯盏,点煤油灯正当其时,电灯则刚刚兴起。

村里刚通了电的那阵,正是大集体时期,家家户户都装了电灯,一户一盏。比起点煤油灯来,电灯明亮多了,用时开关一拉就行,干净又方便,自然人人喜欢。只是用电要交电费,等到村里的管电员来催收电费时，有的人一算，觉得比点煤油灯贵多了，不免心痛，在继续用电灯还是点煤油灯的问题上，十分纠结。尤其是一些生活贫困又节俭的家庭，因不舍得交电费，在点了一段时间的电灯后，又用上了煤油灯。

在故乡一带，基本上一个村庄用一个变压器。就我们村庄而言，高压线路穿过田野，变压器就建在村前江岸边的一处稻田里，靠近老水井。那是一个高高的砖砌方正台墩，上面安放着一台变压器，变压器连接跌落开关和手指粗的金属裸线。我们每从这附近经过时，听到嗡嗡的低沉声音，就心怀畏惧。一个村所用的电量，体现在变压器的总表上。而村里人家，那时还没有单独的电表。有的人家，灯泡瓦数可能大一点，有的瓦数小一点，有的用电时间长一点，有的用电时间短一点，形形色色，不一而足。因此，每户人家，一个月究竟用了几度电，谁也不清楚。那时候，村里普遍是一户一灯，电费是按一盏灯每月五角多钱收取，在当时，已是一笔不小的开支。许多年里，乡村管电员最主要的工作就是收电费，每到月底，挨家挨户上门催收。

村里的管电员带有公益性，通常是挑选责任心强又懂得一些用电常识的中年男子担任，并没有工资。其职责就是向村民收电费，然后按时向供电站交电费，以保证村里能够正常用电，不因拖欠电费而被拉闸断电。当然，作为村里的管电员，也不是无偿做事。他每月向村民收取电费后，再按变压器总表的电量与供电站结算，所得的差额，就是他一个月管电的报酬。通常而言，像我们这么一个一百多户的村庄，理论上他每月能赚个六七块左右。若是管电员当月没能收齐电费，那他通常也要先行垫付，将供电站的电费交清。

我的记忆中，村里早期的管电员是孝端。他是一个头脑灵活的人，与我家同在一个生产队。他会做木匠，曾多年在大队部的加工厂碾米和加工面条。他性格沉静少言，为人厚道，头上曾生过癞子，头发稀疏，村人也常背后称呼他孝端癞子。

孝端管电的那些年，对村人的灯泡有约定，只能用二十瓦左右的，不能用瓦数大的灯泡。每天的照明时间，约定在六个小时左右，即从天黑到深夜歇息这段时间。为此，他夜间常在村里转悠。看看谁家的电灯是否过亮了，如果太亮，他会进屋去问询一下，是不是换了大瓦数的灯泡？有时夜深人静，绝大多数家庭都熄灯睡觉了，他还要到村里转一圈，看是否有人家开着灯睡觉，看哪些人家过了夜里十二点还亮着灯。若是发现这些情况，他会敲门敲窗，喊醒屋里的人关灯。他的这种做法，在乡村管电员中很普遍。毕竟，每户每月只收取额定的电费，任何超额用电和浪费用电的行为，实际上也等于是在用管电员的电，用管电员的钱，他能不心疼吗？隔壁上羊乌村的一个管电员，就曾因为村里一名老单身汉经常过了夜里十二点还开着灯睡觉，两人打过好几次架。

作为村里的管电员，孝端自然与供电站每月下派来收电费的电工十分熟悉。电工来了，通常直接到他家，酒饭招待，也是人之常情。只是在涉及电费的问题上，那电工也毫不含糊，并不与他讲多大情面。

166

因此，我小时候也常看到，有的日子，那些年轻的电工，背了一根长长的杆子，来到村前江岸边的变压器旁，将三个腿骨般的跌落开关捅了下来，带走了。事后，村里人便会知道，是村里拖欠电费太多了。那一段时间，整个村庄又点上了煤油灯，孝端自然也得赶紧催收电费，尤其是那些老爱拖欠电费的人家，他要再三上门讨要。等到孝端把电费交清给供电站，那电工才又带了那根长杆子来，将跌落开关挂回去，村庄才又有了电。

记忆中，曾有几年，村里经常发生停电的事情。有时候，不光是我们村里停电，高压线经过的沿途村庄都停电，而且一停就好些日子。这也导致了偷盗电线的事情时有发生。有的线路，一夜之间，电线就被剪掉了，光剩下空落落的水泥电杆，令人看着无不愤怒！据说那些偷电线和电缆的人，只是为了把金属电线作废品卖点钱。有的山间路边，还能看到一地割电缆取铜取铝留下的橡皮屑。更有甚者，不但偷盗电线，连木电杆也锯断背走。

也正是因为偷电线电杆被管电员发现的事情，有一年，邻村上羊乌的一帮村民，气势汹汹来到我们村里，把我一个堂兄的家给抄了，将屋瓦捅下，将木梁锯断，能背走的全部背走了。他是单身汉，闻讯已逃之夭夭，不然定会遭一顿痛打。在故乡一带，曾有好些年，他声名狼藉。他自此逃离了村庄，直到几年之后，才敢回村。彼时早已分田到户，他回到村中，人们才知道他原来是去了广州郊区做泥水工，当了小包工头，赚了一笔钱。他重新修缮自家的房屋后，又回到广州打工，并带了村里一帮人同去。在故乡一带，他就这样歪打正着，成了去广东打工的第一人，并改邪归正，带动了周边村庄的乡民去广州郊区做泥水工搞装修的热潮。

分田到户后，孝端还当过几年管电员，并在自家办了大米加工厂，村里很多人都到他家来碾米。时代的快速发展，也催生了村里的建房高潮，一栋栋新瓦房，接连不断地建起来，电灯已遍布每个房间。有钱的人家，还用上了黑白电视机。与此同时，乡村输电设施设备也不断完善，各家都陆续装上了电表。抄电表、收电费、缴电费，管电员的事务更细致了。

放映员

童年和少年时代看露天电影,那真是有味道!

二十世纪七十年代中期,我尚未开蒙读书,村里已通上了电,我们家那青砖黑瓦的逼仄老屋,也装上了一盏电灯。那黑盔似的小灯头和小葫芦般的白炽灯泡,由一根扭成一股的花线,悬吊在灶屋黑乎乎的木梁上。长长的拉线开关,就装在窗户边,那开关盒也是黑乎乎的,像一只圆圆的耳朵,紧贴墙面。到了夜晚,拉一下开关线,"吧嗒"一声,灯泡顿时亮了,屋里一片光明。明亮的灯光下，母亲开始做饭做菜，我们则围灶而坐，说些家常，不时往灶里添些柴火。

通了电的村庄，村后的古樟树上装了大喇叭，我们每天能听到广播，且不时还能看上一场露天电影。那时候，公社有电影放映队，一共三名放映员，两男一女，是从各生产大队举荐上去，经考核培训录用的年轻人，他们读过初中或高中，相比而言，在那时的农村，也算是有文化的人。不过，他们的身份依然是农民，平时在生产队干农活，等到需要放电影的日子，他们就成了令人羡慕和尊敬的放映员。这三名放映员，大体实行按地域分片放映，一名放映员分管一个片区。全公社分为三个片区——羊乌片、西禅片、文明片。各片区下面，都有三四个生产大队，大小二三十个村子。

三名放映员中，庠文我是最熟悉的，他家在油市塘村，与我们村庄仅隔着一条江，那时同属于羊乌大队，他负责羊乌片区的羊乌大队、景星大队、沙窝大队、红花大队的电影放映。

一年中，这三名放映员轮流在全公社各个村庄放电影。当某一天，有消息传来，说我们村里，或者附近的村子，晚上会放电影，我这一天的心情都会非常愉快，期待着傍晚早早到来。

在我们村，放电影的场地，要么就在村南的禾场上，要么就在村北的宗祠里。若是夏秋晴好的日子，晚上在禾场上放电影，更是盛况空前。

这天午后，村里早早就会选派两三名年富力强的社员，去公社电

170

影队挑放映设备。放映机、银幕、绳索、音箱、电影片子,甚至发电机,足足两三担,一股脑挑来。与他们一同来的,自然有放映员庠文,他两手空空,一身轻松,此时已是村里的贵宾。庠文和电影机子的到来,自然会在我们村里再度引发欢乐和热议,这确凿的喜讯,也很快就会口口相传,传遍周边的村庄。

下午的禾场上,渐渐变得热闹起来,放映前的准备工作,正有条不紊地展开。在庠文的指挥下,有人背来了一张沉重厚实的八仙桌,用来安放放映机,并在八仙桌的一条腿上绑上一根长竹竿;有人背来一两棵杉木,挖坑竖立,用作临时的电线杆,将电线从附近的地方接引过来,一直拉到八仙桌腿那绑着的竹竿上;有人在拉开宽大厚实的帆布银幕,绑在禾场边的禾屋墙上;有人在银幕旁边安装木柜般的音箱;也有人把柴油发电机放在了禾场边的某处,预备着晚上突然停电时来应急……在这个时候,村里的孩子和少年们更没有闲着,纷纷从自家扛了长凳矮凳,来禾场上抢占位置,不一会,在银幕和放映桌之间,就是一片黑压压的木凳,新旧长短高矮不一。

安装调试好放映机,天色渐渐黑了下来,庠文由村里的干部陪同,来到事先安排的某户人家喝酒吃饭,好酒好菜招待。村里的人家,也都在早早地做饭吃饭,一家老小好赶紧去禾场上看电影。东南西北,通往我们村庄的几条道路上,附近村庄的大人孩子正络绎赶来,手电的灯光,不时在夜色中晃动。

禾场上聚集的人越来越多，坐的、站的、走动的、说笑的、叫喊的、吹口哨的，人声嘈杂。那放映桌已被重重叠叠的人们围在中央，桌腿竹竿之上，那个大瓦数的灯泡，将周边照得雪亮，能看清一张张表情各异的泛白脸面，在瞪着放映机看稀奇。

在众人焦急的期待中，大队干部陪同放映员庠文终于来了，人群顿时一阵骚动。我那时好奇心也很重，就拼命挤进人堆，挨近那放映桌去看庠文放电影。在雪亮的灯光下，庠文站在桌边，开始摆弄放映机，将那圆盘似的电影片子，从四四方方的铁盒子里取出来，安装在放映机上，前高后低，各装一个。接着，他从前头的电影片子抽出长长的胶皮，在放映机上弯弯绕绕，与后面的空电影片子相连。突然，他开动一个机关，一道雪亮的强光打在了银幕上，人群顿时又发出一片惊叫声和口哨声。强光射过之处，很多人嘻嘻哈哈站立起来，高举双手搞怪，银幕上立时映出各种各样大大小小的手影和头影。

这时，喇叭响了。"喂喂——喂喂——"拿着话筒喊话的，似乎每次都是大队支书孝照，他是我们村的人，是多年的老支书了，最爱在放电影前喊话做指示。我已不记得他说过些什么，反正是希望他赶紧说完，好让庠文放电影。

我们急着想看战斗片、故事片，可庠文似乎不着急，在大队支书讲完话后，他通常会先放一部加映片，无非是关于农田种植技术的，或者是防治病虫害的，诸如此类。这样的片子，我不太喜欢看，好在放映的时间也不长。终于，当银幕再次放映电影时，真正好看的正式

172

片开演了!

屈指算来,童年时代,在我们周边的村庄,我看过的电影中,印象深刻的还不少,像《地道战》《地雷战》《洪湖赤卫队》《闪闪的红星》《小兵张嘎》《奇袭白虎团》《小花》《天仙配》《三打白骨精》《少林寺》等等,我无不喜欢!这些公益的露天电影,带给我们这些乡村孩子无穷的欢乐,与我们的成长紧紧连在了一起。

分田到户,大队和生产队解体,乡村里的公益露天电影渐渐少了。这时候,乡政府取代了原来的公社,乡里的电影放映队也有了新变化。就拿庠文来说,他到村里来放电影已经要收钱,放一场收几十块,据说他已承包那台放映机了。有的日子,他甚至鼓动我们村里的几个年轻人包场,再由这些包场人卖票收钱。这样的日子,放电影的场地自然是在宗祠了。每当放映的时候,宗祠只留一个侧门进人,明亮的灯光下,那几个包场的年轻人守在门口,向络绎而来想看电影的人收钱,大人两角,小孩一角。宗祠里,电影的声响很大,撩拨得外面的人心里痒痒的。只是毕竟看电影要掏钱,来看的人,自然远没有过去放露天电影时多了。

有好几年,庠文在周边村庄放电影,只是偶尔应邀放一下。比如谁家有老人祝寿,谁家有孩子考上中专、大学,出几十或百来块钱,请来庠文放一场露天电影庆贺庆贺。这时候,在乡间村道上,挑放映设备的,已是腿脚有点瘸的庠文和他的大儿子序华父子俩。

至今,我大姐说起庠文父子在家放电影的事,我都为他们感到无

庄稼人

放映员

突然,他开动一个机关,一道雪亮的强光打在了银幕上。人群顿时又发出一片惊叫声和口哨声。

边的落寞。其时已是九十年代后期，电视机已经走进乡村寻常百姓家，放电影在乡村已没有市场。有的夜晚，庠文父子就把银幕挂在自家外墙上，搬出那台老放映机来放电影。起初的日子，他们小小的村庄，也还有一些老人和孩子去看看。后来，连孩子都不去了，只剩下他们两父子自放自看。

◎歌者 申明大肚子 ◎拳师 隆仁和宪成 ◎牧魂人 有缘老娘和杏才爷 ◎渔鼓 师老曾 ◎守祠人 天慧和希贤 ◎礼生 秋盛爷 ◎地仙 影师 曹汉元 ◎开圹人 仁和 ◎仙娘婆 土婆 德阳满

第四辑 参天地

歌者

如今想来,童年的故乡真是一个充盈着童谣和歌唱的地方。

小时候,我们无师自通地就学会了很多童谣,小伙伴们在一起玩耍,常触景生情地唱起来,男声女声混合在一起,如同天籁。比如看着夜空里的繁星,我们就唱:"天上星,钉麻钉。钉得清,数不清。"看到萤火虫在飞,我们就唱:"萤火虫萤火虫你到哪里去?我到月光土里放豆去……"

有时候,我们这些调皮捣蛋的男孩子,也拿腔拿调学大人唱一些

179

粗野的山歌：

日头出山山过河，

有人在河边等老婆。

有钱娶个黄花女，

无钱娶个老寡婆……

唱完，便是一阵放肆的哈哈大笑。

其实，山歌的题材十分广泛，歌咏山川万物，敬颂天地神灵，叙说人情百态，真可谓包罗万象，它是乡人在生产劳动和日常生活里朴素情感的流露。

要说村里最爱唱山歌的人，自然非申明大肚子莫属！有好些年，申明大肚子一直被推举担任我们生产队的副队长，每天早上和下午负责吹哨子喊开工。一年四季，风雨霜雪无阻，深得人心，是村里人公认的好劳力。

村里男人大多精精瘦瘦，这可能跟平时犁田扛耙、挖土刨山、挑炭背树这类力气活有关。申明是个例外，他也是两女两儿一老婆一家六口之主，同样干着男人该干的活，却依然有一个肉嘟嘟的大肚子。当然，他的大肚子并非如今常见的便便大腹那么夸张。申明的肚子显然远不是这个级别，只不过在当时村中男人普遍扁平的肚子当中，是个显眼的"号外"而已，也终究得了个大肚子的外号。

申明大肚子爱唱山歌，这与他的身材脸相似乎十分不称。他五短身材，头大脸黑嘴唇厚，两撇小胡子黑黑亮亮。夏天的日子，他整日光着两个大脚板，穿一身黑布衣裤，上衣敞开，袒露着他黄铜色的大肚子，肩上搭一块白色短帕子，随时擦脸上和肚子上淌下的汗。他的大肚子里究竟包藏着多少山歌，无人说得清。他的歌从哪里学来的？从什么时候起，他就爱上整日里一路歌来一路歌去？也已不可考。

在我的记忆中，申明大肚子总是一副乐呵呵的模样。在生产队干活的时候，譬如说在稻田里插秧，或者薅田，累了，就有人直起腰来提议："申明大肚子，唱首山歌来听听。""要得啊！"申明大肚子站在田中央，咧开大嘴唇一笑，答应一声，随即大声唱了起来，仰着头，唱得脖子上一条条粗筋暴突，田野里顿时充满了快乐的空气。

日头出来东南山，
难得美人共一乡。
难得美人同村住，
共村吃水水也甜……

做农事的人们一面认真听着，一面趁此机会歇息，往往听了一首不过瘾："申明大肚子，再唱一个！"申明大肚子便又接着唱起来：

181

告诉我好妹妹,

我要去参军。

开了个扩军会,

说得很分明。

名字上去了,

明日要动身。

别的事都没关系,

就是家里有个老母亲。

请妹妹在家中,

好好放良心……

也有爱打趣的男人听了还不过瘾,说再来几首痞一点的听听。申明大肚子哈哈一笑,说:"那就唱个十摸吧,你们不要骂人啊!"接下来,田野里更是荡起一浪一浪粗野而愉快的笑声,劳作的辛苦也在歌声和笑声中消散得无影无踪。

申明大肚子的老婆与他长得恰好相反,又干又瘦,从脸到脚,几乎是印着一副骨架。申明大肚子唱歌调笑的时候,他的老婆往往白着两个眼珠子瞪他,嘴上还不时骂骂咧咧。申明大肚子似乎熟视无睹,不恼不怒,不理不睬,脸上挂满笑容,依然粗着脖子沉浸在尽情歌唱之中。

申明大肚子住在村前的一条小巷子里,我上小学的时候,他的二女儿己彩是我的同学。我玩耍时,曾经多次从他家门口路过,往他家门里看时,黑咕隆咚的,有时也能听到他大声唱歌的声音从里面淌出来。

村前的朝门口是全村人爱集聚的一个地方,长着几棵高大的柏树、柳树和苦楝树,水圳从这里流过,地上空坪有不少石墩和石条,附近的大人和孩子常端着一碗饭,来这里边歇凉、边说笑、边吃饭。申明大肚子也不例外,也爱端一个大碗到这里来吃。有时,有人有意无意地说:"申明大肚子,唱个歌来听咯。"哪怕他正鼓着腮帮子大嚼饭菜,也会把碗往石墩子上一放,用力咽下一嘴的饭菜,就大声唱起来,唱得饭沫子直喷,引得众人哈哈大笑。

正月雪飘是新年,
祝我情哥不赌钱。
十个赌钱九个输,
哪个赌钱有好处……

申明大肚子是村里最快活的人,出工的时候,荷锄而去,一路歌去;收工的时候,荷锄而归,一路歌来。哪怕路上只是他一个人,或者只跟着一头牛,或一只狗,或几只鸡,或几只鸭,他也把山歌唱得嘹嘹亮亮、快快活活,真是一个潇洒的乡村歌者!

分田到户后,集体生产的场面少了,但申明大肚子爱唱山歌的习性依然如故。有时，一同走在去往田间或园土的路上，见他正兴致勃勃地唱着，我就会放缓了脚步，跟在他身后仔细地听。自从我中专毕业，离开了村庄，就很少听到他的山歌了。

申明大肚子是什么时候去世的，我不得而知。就像村前朝门口那些高树上随时掉落的树叶，他的离开不会在村人的眼里心中引起太多在意。他的山歌似乎也没有年轻人想要学来传承下去，更不会有人想到要记录流传下来，因此，申明大肚子死后，他那一大肚子的歌也跟着带走了。

申明大肚子的粗犷山歌，是这个古老村庄的一记绝响。

拳师

如果不是村里突然出现了两堂单狮子,我无论如何也想象不到,隆仁和宪成这一对老冤家,竟然是两个拳师,分别是教授这两堂单狮子的师傅。

隆仁我是熟悉的,他是我童年玩伴满和的爹爹。我在十二岁之前,住在一栋青砖黑瓦马头墙的老厅屋里。这栋老厅屋分上下两厅,中间隔着一个天井,上厅住了三户人家,下厅住了两户。正大门朝东,在下厅。从正大门跨过青石门槛进来,左手边的这间房子,就是隆仁家。

185

走过天井边，上两级台阶，就到了上厅，我家就住上厅最里面一间，靠着神台。因此，在很多年里，我家与隆仁家可谓是住在同一个屋檐下，是紧邻。

那时，老厅屋的五户人家，隆仁家人口最多，他有五子三女，一家十口，是个大家庭。好在他家的房子也算是最宽敞的，就在这栋老厅屋前面，隔着一条石砌水圳和一条与之并行的青石板路，就是他家的客房，也是青砖黑瓦的老屋。这客房呈长条状，里面能连摆两三张床，过年过节来客时可宴客待客，平日里则是他家儿女们的卧房。

隆仁是"隆"字辈，按辈分，他比我长一辈，我该叫他叔叔，村里的方言叫满满。他那时是村里唯一的公办老师，长期在邻村铁龙头小学教书，那里以一口名叫"米筛花"的大涌泉而闻名，离我们村庄有五六里路远。作为文化人，隆仁向来态度温和，说话轻言细语，身体瘦削矫健，颇受村人尊敬。人们日常聊天，说到他时，一般都是说"隆仁老师"，而不像说宪成那般，口称"宪成毛猴"，颇带有几分不屑和不敬。

宪成我从小也是熟悉的，不过，这种熟悉带有疏离感和畏惧感。他住在村后的土墙房里，曾是赤脚医生。他不苟言笑，面孔冷淡，让人望而生畏。或许也有这个原因，去他家找他打针抓药的人似乎很少。故而，我对他所知甚少，对他为何在村人的口碑上得了那么一个外号，也一概不知。

这样两个平素没什么交集的人，因为子女的婚姻，成了亲家，也成了冤家。我小时候的记忆里，宪成的女儿云田和隆仁的三儿子建和，可能是村里最早自由恋爱的人。云田热情漂亮，建和为人憨厚，吹得一手好笛子。他们年纪轻轻，早早好上了。那段时光，老厅屋里经常听到建和吹奏的悠扬笛声，我猜也是他们最幸福的时光。可是，宪成和隆仁两家经常打架，往往是突然间，宪成带着他的儿子们怒冲冲地下来了，先是两家争吵，接着是打斗，有时在石板巷子里打得棍棒啪啪响，打得人声鼎沸，头破血流，常令我感到害怕。据说原因是宪成不同意女儿嫁本村。乡村的沿袭，女生外乡，当嫁往外村外姓方好。而他女儿却执意非建和不嫁，令宪成有失颜面，弄得两家不和。

　　时间在流逝，生活在继续。不承想，几年后，这一对亲家和冤家，竟然先后在村里开馆授徒，打拳舞棍，教了两堂单狮子。

　　在故乡，春节期间舞狮子，是长久以来的习俗。舞狮子有两种形式，一种是单狮子，一种是神狮子。舞单狮子，人数少，一般六七个人一个班子，以表演拳棍刀叉为主。舞神狮子，往往要二十个人左右，表演内容丰富多彩，有锣鼓喇叭全套响器的加持，有许多唱段，更具仪式感和观赏性。故乡的方言里，一个舞狮子的班子，通常称作一堂狮子。在生产队时期的许多年里，来我们村庄舞狮子的，都是外村人。尤其是与我们一山之隔的小村长洲头，那堂神狮子深受欢迎，也是我童年记忆中印象最深刻的。

　　我们偌大一个村庄，竟然没有自己的一堂狮子，这让很多年轻人颇为遗憾。有一年的冬闲时节，一帮年轻人聚集在村前的朝门口闲聊，又说到舞狮子的事情，也想组建一堂狮子，可惜没有师傅教。其时是分田到户初期，村人一年到头勤于农耕，囿于乡村，鲜有其他的娱乐。加上电影《少林寺》的上映，更激发了村中少年想学武术舞狮子的愿望。那天，隆仁也在场，听到这帮青皮少年的谈论，他开腔了，说要是大家想学的话，他可以教他们。隆仁说话温和而平静，却像一声突然而至的惊雷，顷刻间将这帮小青年震住了，意外又惊喜！

不久之后，村中诞生了一个简易的武馆，组建了一堂单狮子。武馆设在一间空置的旧瓦房里，师傅正是隆仁，此时，他已年近化甲。四德、民利、祥伍、举德、云才、德福、鼎甲七个十几二十岁的小伙子，是他挑选的徒弟。按照传统仪式，杀鸡、敬神、立祖师牌位、交师傅钱、拜师之后，隆仁正式传授拳、棍、刀、叉等各种武术套路，教他们翻跟斗、在八仙桌上倒立，教他们舞狮，教他们敲锣击鼓……师傅一一示范，动作敏捷矫健，身手不凡，令徒弟们对这个往日深藏不露的温和老师深为敬佩！原来，几十年前，隆仁在年轻时，曾拜师学武，是舞狮班子里的主角。

这帮徒弟中，最出色的一位是四德，他年纪仅比我大三岁，早年丧父辍学。他身体瘦小灵活，聪明伶俐，又诚实懂礼，深得隆仁喜爱。四德的学习接受能力很快，又刻苦，许多时候，隆仁在他身上看见了自己年轻时的影子。隆仁通常是将一些动作和套路先教会他，再由四德教其他人。四德是武馆的几个徒弟当中年龄最小的，却俨然成了主力。

188

  日出而作，日落而息，是那时故乡的生活方式。平日里，隆仁要教书，这些徒弟也要在家干农活。这帮爱武术的年轻人，只有在雨雪天和每一个夜晚的空闲时间，聚于一室，切磋技艺，不断地练习。

  这年腊月二十四小年，隆仁带着他的这堂单狮子，在宗祠的戏台上进行首场表演。那天，整个村庄都轰动了，一村老小都来到宗祠里观看。舞狮的是四德，单狮子是一人独舞，这也是与神狮子双人舞不同的。舞单狮子时，配合的乐器只有一面小锣和一个小鼓，曲调简单重复，"咚咚砰砰，咚咚砰砰……"节奏明快。在器乐声中，身扎红腰带的四德，举着狮子头，搂着染黄的狮子布，朝台下众人作揖后，随即藏身于狮子布里，舞动了起来。他身姿矫健，动作敏捷，腾跳滚爬，活脱脱一只天真可爱又顽皮的小狮子，引得众人连声喝彩。之后，各徒弟轮流上场，或打拳，或舞棍，或舞长枪，或舞双刀，或舞钉耙，一招一式，像模像样。最惊险的，自然是在叠了好几张八仙桌的高空翻跟斗上下，并在最顶上的桌面倒立，没有任何防护措施，令看者心惊肉跳。这高空的倒立者，依然是四德。

  这场成功表演，正式宣告故乡诞生了一堂单狮子。不久之后的春节期间，隆仁带着他的七个徒弟，访宗亲，走邻村，一直在故乡周边的乡村舞狮子贺新年。

  或许是受了隆仁授徒舞狮的触动，一年之后，宪成也在村里开馆收徒，另外教了一堂单狮子。我记得，小时候，村人议论他时，常说"宪成会几下毛打"，意即他粗通武术。这次居然亲见了，而且还教出

拳師

那天,整个村庄都轰动了,一村老小都来到宗祠里观看……这场成功表演,正式宣告故乡诞生了一堂草狮子。不久之后的春节期间,隆仁带着他的七个徒弟,访宗亲,走邻村,一直在故乡周边的乡村舞狮子贺新年。

了一堂单狮子，也是令人喜悦的。

　　故乡有两堂单狮子的年份，春节期间是热闹的。有时同一天，隆仁的这堂单狮子刚刚在宗祠里，或在禾场上表演结束，宪成带着他的一众徒弟，舞着狮头，扛着刀棍叉耙，敲着锣鼓，"咚咚锵，咚咚锵……"紧接着，又来了。一村老小，又笑逐颜开地再看一场舞狮子。

牧魂人

母亲一生孕育了十二个孩子,最后能够成年的,只剩三个姐姐和我。我那许多的哥哥和姐姐,都先后夭折了,这是父母的至痛。在我的童年和少年时代,母亲脸上常是忧郁的,许多时候,我见她在独自流泪,哭诉着那些早夭的孩子。我上学后曾有一个理想,就是要好好读书,让母亲脸上多一些笑容,少一些眼泪。

哪个孩子不是父母的心头肉?不是奶奶爷爷眼中的心肝宝贝?孩子的一颦一笑一啼一哭,都紧紧牵动他们的心。孩子病了,不爱笑闹玩耍了，或者吓着了，摔着了，伤寒暑湿精神萎靡不振了……做父母的，做奶奶爷爷的，就会忧心忡忡，惶恐起来。缺医少药的年代，人们口口相传的土方子，原野上那些带有药性的花草藤叶，成了乡人自行疗治的希望所在。这是一场生命的赌博，有赢，有输。我的一个名叫二生的哥哥，就是被邻村的郎中误了性命。

那时，乡人比较迷信，也普遍相信宿命，对于灵魂和鬼神的有无，抱着"信之则有，不信则无"的态度。日常生活里，人们常爱讲鬼故事，说一些与鬼相关的话题，活灵活现，令人听了起鸡皮疙瘩，心生害怕。在远近的村庄，据说有的人可以通过收魂仪式帮人驱惊，这是那个年代乡人为了对抗疾病而寄希望于从民俗信仰中找出路的做法。

收魂有时也叫收惊。乡人的说法，每个人都有魂，灵魂与身体本是形影不离的，要是受了惊吓，或者运气差，冲撞了鬼神，魂便会脱离了身体，甚至被神灵捉了去。一个人失了魂，就会生病，表现异常，后果严重。挽救的法子，自然是收魂，让灵魂重新附体。收魂的办法多样，或喊魂，或请巫医画符……这当中，亲人喊魂是最通行、最直接的。只是喊魂的声音凄厉而悲伤，听起来令人心悸。

村里喊魂的人，通常是上了年岁的母亲或奶奶，被喊魂者，则以年幼的孩子居多。那个年代，每个家庭都多子多女，差不多家家户户的妇女都喊讨魂。在我小时候，一年中的许多日子，每到傍晚来临，就能听到妇人领着孩子喊魂的声音，响彻村庄的夜空。我儿时的玩伴庠生的奶奶，满和的母亲，顺和的母亲，还有我的母亲，都喊过魂。

  我至今难以忘怀,母亲给我喊魂的情景。有一回,大约是我在村前靠江岸的水圳边吓着了,母亲认为我的魂应该是丢在那里。照村里人惯常的做法,那天傍晚,母亲先将家里的瓦水缸洗干净,挑来干净的井水,将水缸装满。又煮了一个鸡蛋,染成红色。预备妥当后,母亲用平日捞米饭的竹捞箕装了那个红蛋,一手牵着我,走出家门,沿着田间的青石板路,来到夜幕下的水圳边。母亲拉着我站在水边,用捞箕做着捞东西的动作,对着那一圳清水,猛然悲伤欲绝地呼喊起我儿时的名字:

青和呃——
你哪里吓着哪里来啊——
鸡进窝了——
牛进栏了——
你哪里吓着哪里来啊——
跟妈妈到屋里来啊——

  母亲拖着长声,大声呼喊着,越喊越悲伤。我木然呆立,默不作声。母亲连喊三遍,捞了三次后,一边领着我往回走,一边不断地呼喊,似乎我丢了的魂,已经被母亲喊了来,跟随在我们身后。到了家,母亲用调羹装了茶油,点了灯芯,照着灶屋一角的瓦水缸,让我紧贴水缸边，俯头看着水里那灯火映照出的我的影子。母亲又对着水面恳切呼喊：

水王爷爷水王婆婆——
土地公公土地婆婆——
你们带着我青和从水里来啊——
到屋里来啊——

我瞪着水中影影绰绰的黑影子，心中有些害怕，仿佛那正是我战战兢兢归来的游魂。母亲又连喊三遍，捞了三次，蘸点水在我头上拍了拍，而后，把我带到卧房的床边，一如拉着我的魂，对着空床说："床公床婆，你们带青和来睡觉啊，一觉睡到大天光。"并让我在床边坐一坐。至此，母亲的脸色和声音方才平静下来，仿佛我的魂已然回到了家里。

漫长的童年时光里，母亲还多次带我找巫医收魂。在我们村，有缘老娘就是大家公认会收魂画符的人。她个子很高，精精瘦瘦，脸面特长，满是皱纹。凡是来找她收魂的，必须装一瓜勺米，并带一只生鸡蛋来。有缘老娘收魂有个规矩：须将她家特制的那个粗大又高的竹筒米升装满米。据说，她这米升远比村里人家的米升都要装得多。待她将那装得满满的一升米放在八仙桌上，米上立着那只鸡蛋，又用手巾包了一个鸡蛋般的小米包，她便开始化纸焚香，神色庄重地坐于桌旁，左手扶着米升，右手拿着手巾米包在那只鸡蛋上反反复复地旋着画着，一面画，一面口中念念有词，只是听不清她在念叨些什么。鸡蛋上画过符，有缘老娘又接过我母亲带来的我的一件衣物，在我衣服上画。

画过符，有缘老娘告诉我的母亲，我的魂已被她找到收来了。那只画过符的鸡蛋，有缘老娘则让我母亲带回家煮给我吃。有时，母亲不放心，便问她，我是在哪儿吓着了，遇着什么了。有缘老娘会面容严肃地端详着那个鸡蛋，手指比画着说，这是一条田埂，那是一口池塘，这回是在哪里哪里吓着了，让人听着云里雾里，仿佛那鸡蛋上的纹路，尽隐藏着只有她才能看得分明的神秘信息。末了，有缘老娘又嘱咐一番，让我母亲把画过符的衣服，给我放枕头下睡七天七夜再穿。那一升米和手巾里的小米包，她则留下，是她收魂的酬劳。当母亲带着我走出有缘老娘的家门，俨然如释重负，少了几分忧伤，多了些许宽慰。

与有缘老娘用米收魂不同，村里的杏才爷，则是用香火画水。那时候，杏才爷在村里，虽然年龄不高，辈分却是最高的，在讲究辈分伦理的故乡，他是受人尊重的人。他又是个乐天派，每日哈哈不离口，笑声又长又响亮，特有感染力。加上他为人正派，爱说公道话，村里人有什么纠纷，都爱找他评理。在故乡人眼中，杏才爷懂得找草药，能掐会算，爱行方便，平素找他收魂行方便的人也就多。

杏才爷收魂，则是打小半碗清水，焚过纸钱，请过神灵后，他坐于桌旁，一手扶碗，一手倒拿着三根香火，在水面横七竖八地画来画去，烟气缭绕，香灰落入碗中。画好后，他伸出手指，蘸一点香灰水，弹在收魂孩子的头上。碗里的香灰水，则让孩子当场喝下。我也曾带着疑惧，依命而饮，小心避开那碗底的香灰。

那些深深印刻在我记忆深处的神秘仪式，以如今的眼光看来，无疑是有着浓厚的迷信色彩，并不可取。而随着乡村教育普及，乡村医疗水平的进步，收魂驱病的做法早已被淘汰。

渔鼓师

秋风渔鼓响沉沉——喃——唵唵唵,
贫下中农同志们——喃——唵唵唵……

这是盲人老曾打渔鼓时,常反复唱到的两句唱词,几十年来,我都记忆犹新。接下来,他右手有规律地拍打左臂曲抱入怀的渔鼓皮,发出一连串"咚咚咚"的清亮响声,头脸上仰,翻着深陷如缝的眼。他的拖腔和"咚咚咚"的声音是如此漫长,甚至还要拉

199

一段二胡,"咿咿呜呜——呀呀哩嘎——",以致我们这些小顽童常觉得无趣,离开围坐而听的人群,跑到月下玩耍去了。

小时候,我们村里没有盲人,外村来的盲人一律都是男性。他们大多是算八字的,肩上斜挎一个脏兮兮的大布袋,双手拄着两根长竹棍,左敲敲,右点点,停停顿顿,曲曲折折,探索着前行的方向;或者就是由一个眼睛正常的孩子或大人带着,他的一只手臂搭在带路人的肩膀上,磕磕绊绊地紧跟着。算八字的盲人,有老年人,有中年人,甚至还有青年人,他们姓甚名谁,来自何方,我不甚在意。他们不定期地隔着些长长短短的日子,轮换着来到村里,给人们解开愁结,就着未知的命运做出一番叮嘱。老曾是个例外,他是打渔鼓的,而且是村里的常客。他进村来,身上必定带着两件宝贝:黑乎乎的竹筒渔鼓,黑乎乎的竹筒二胡。在本村,只要说到打渔鼓,必定想到老曾。只要说老曾来了,就知道晚上准会打渔鼓。"老曾的渔鼓",这句话成了村里人的口头禅。

打渔鼓是一种说唱艺术,类似现在的说书。究其起源,可以上溯到唐代的道情,也就是道士传道或化募时所叙述的道家之事和道家之情。有的地方,如今依然把打渔鼓叫作道情。在生产队大集体时期,平日里乡村娱乐活动很少,所以老曾来村里打渔鼓,就十分受欢迎。况且,他能说会道,除了传统曲目外,很多渔鼓词,都是他结合乡村实际自编自唱,常逗得人开怀大笑,更乐了!

老曾是本乡曾家村人,印象中陪伴他来的,有时是一个品貌端正的中年妇人，有时是一个小男孩。老曾穿着干净整洁，少有那种能冲倒人的汗臭味。他每次来到村里，就在孝健老母亲家里落脚，一般要住上几晚。那房子与我家老厅屋只隔了一条石板巷子，我的母亲也常去走动聊天。听我母亲说，那妇人是老曾的老婆，比他小二十多岁，原先结过婚，是老曾到她村里打渔鼓遇到的。老曾凭着一张嘴巴、一个渔鼓、一把二胡，在本乡周边村庄无人不知，一年四季，不用下田干苦力，都能挣到活络钱，弹弹唱唱，日子过得也潇洒，这是那妇人愿意跟他的原因。后来，老曾老来得子，儿子小小年纪，就能给他带路。老曾的这段情史，村里人都耳熟能详，这让成堆的老单身汉们很是羡慕。

在本村，老曾打渔鼓的地点有三个：朝门口、老祖厅空坪、石旺家门口。这些地方宽敞，能容得下很多人。老曾打渔鼓，都是在晚上。大白天，村里人都要在生产队忙农活，自然没那闲工夫听。吃过晚饭，月亮东升，老曾带着他的两件宝贝，正襟危坐在空坪中央的长凳上。他的面前、两旁，甚至身后，全是黑压压的人，有坐长凳的，有坐竹椅子的，有坐在石墩石条上的，也有站着的。妇人们摇着大蒲扇驱赶蚊子，男人们则掏出竹管烟筒"吧嗒吧嗒"吸土烟。这是村里人难得的娱乐场面，就像过节一样。我们这些听不太懂的孩子，也赶来凑热闹玩耍。

"咚咚咚"，老曾拍打起他的蛇皮渔鼓，唱起了开场白："渔鼓打得咚咚响，各位社员不要闹，吵吵闹闹听不到……"随着老曾熟悉的

201

唱腔响起，原本喧哗的人群变得安静下来。

老曾的渔鼓曲目据说有一百多种，《赶子牧羊》《何氏磨媳》《毛国金打铁》《刘海砍樵》《梅开二度》《大闹淮安》《珍珠塔》《薛仁贵征东》《薛刚反唐》等，能连续唱上十天半月不重样。其中，《三国演义》的曲目，尤为乡人所喜爱。每次打渔鼓，老曾都是要村里人点曲目，点什么他就唱什么。随着故事中人物情景的转换，老曾会唱出不同年龄段的男声和女声，模仿出风雨雷电、飞禽走兽的声音，并演示着动作和情态，惟妙惟肖。他时而拍打渔鼓，时而拉着二胡。唱到开心处，能引发众人哈哈大笑。唱到悲伤处，他甚至会跪倒在地，号啕大哭，妇人们莫不眼泪零落。这个时候，就会有人在他面前的空碗里投钱，或者一分两分，或者五分一角，既是众人的心意，也是给老曾的酬劳。

每次打渔鼓，老曾唱了传统戏文后，就会说唱一些笑谈来舒缓氛围。记得有一首他自编的渔鼓词，名叫《小菜园里出奇闻》，常为人津津乐道，我们小时候经常传唱。如今数十年过去，我依然还记得其中一些唱词："今晚打渔鼓，不讲唐朝事，不说宋朝文，小菜园里出奇闻：豆腐相公生得白又嫩，韭菜姑娘一看动了心，辣椒听说急红了脸，南瓜大叔赶忙来问诊。茄子笑他是外行，自己黄肿病没治好，还要给别人来看病……"

老曾的渔鼓，深受我们村里人的喜爱。有时生产队开会搞活动，或者做农活辛苦了，便有社员提议，请老曾来打几场渔鼓娱乐一下。

这样的提议，总会获得广泛赞同。生产队的干部，就会派人去接了老曾来。给老曾的酬劳，既可以是钱，也可以是米。有时是生产队给钱，有时是生产队各家摊派一小饭碗米。多一点，少一点，老曾也不会太计较。整个村庄有好几个生产队，因此一年里，老曾隔些日子，就会来村里打几夜渔鼓。

生产队解体之后，村里逐渐有了收音机和黑白电视机，老曾的渔鼓也就淡出了人们的视线。那之后，我再没有看到过老曾，也再没有听到过那竹筒渔鼓发出的"咚咚"声。

渔鼓师

他时而拍打渔鼓，时而拉着二胡。唱到开心处，能引发众人哈哈大笑。唱到悲伤处，他甚至会跪倒在地，号啕大哭，妇人们莫不眼泪零落。

守祠人

村旁古枫树下的黄氏宗祠，曾有两个守祠人，一是天慧，一是希贤。

宗祠是村中最宏大的建筑，青砖黑瓦，马头墙高耸，古朴而庄严。它坐西朝东，呈三级台地布置，上中下三厅间隔着上下两个大天井，里面十分宽敞。在我童年时期，宗祠的下厅搭建有戏台，每年春节期间，这里都会上演好些日子的古装大戏，村里村外的人，都络绎来观看，好不热闹！中厅比上下两厅都大，能开几十桌酒席。历年来，但凡村中有白事，都是在此办席。上厅有神台，是祭祀祖宗的地方。神台两侧各有一间大房屋，北屋曾是天慧的家，南屋曾是希贤的家。

天慧是外乡人，早年在一座古寺当和尚。那小寺庙就位于我们村北石拱桥附近，在名叫庵子岭的山脚下，这里古树林立，江流环绕，环境清幽。这寺里的和尚只天慧一人，不过那时与他一同生活的，还有他的老婆和一双小儿女。在"破四旧"的年代，这寺庙被捣毁，天慧就住进了我们村庄的老宗祠。偌大的宗祠，住着他们一家四口，自然，天慧也就成了守祠人。

我开蒙上学时，村里的学校是两间小瓦房，与宗祠仅隔着一条青石板巷子。那时，天慧已是年迈的老者。他的老伴背驼得厉害，村人多是称呼她驼婆老娘。他的儿子贵生和女儿贱女已是少男少女，在读中学了，兄妹两人长相俊秀，我们有时还一同在宗祠里玩耍。天慧在宗祠里的家，我也曾进去看过，光线幽暗，空空荡荡，黑咕隆咚的。

一直以来，村里人对天慧是尊重的。曾经多年，在周边的村庄，若有老人去世，自然会来邀请他去做法事，念经超度，让他谋些生计。且他素来与人为善，口碑好，村里人日常有个病痛，或者有个什么意外灾难，也常来宗祠，向他寻医问药，或者画符画水。听我母亲多次说过，我儿时多病，两三岁时脖颈上生了一个大瘰疬，也就是俗称的病子颈，曾多次来向天慧寻药画符水。尽管我不能确知，他的这些草药和符水，对医治我的这个病是否管用。但我从历次母亲对他老人家的念叨中，依然深怀感激！

207

　　天慧在宗祠里住了多年，宗祠在他一家的看护下，也保持得干净完好。天慧老两口去世后，青年的贵生和贱女离开了宗祠。其时已经分田到户，听村里人说，他们兄妹二人回祖籍耒阳去了。

　　很长一段时间，宗祠的大门和侧门常年都是关闭的。直到有一年，希贤带着他的女儿华英住了进来。

　　在我们村里，希贤向来是个很不受人待见的人。拿"不干不净，吃了没病"这句话用在他身上，我以为是再恰当不过。比方说：池塘里浮了一条鼓着大肚子的臭死鱼，希贤知道了，会喜滋滋下水捡上来；河湾里泡着一头爬满苍蝇的死猪，有人告诉希贤了，他会立马笑嘻嘻提一把菜刀赶去，在河边宰割半天；要是谁家的一群鸡发瘟死了，而希贤恰好经过，主人家顺口说一句"希贤，拿一只去吃"，"要得呃！"希贤顿时乐呵呵地笑成幸福的老菊花。这些别人眼里嫌弃的脏东西，在希贤看来都成了宝贝，成了他菜锅里的美味佳肴。

　　希贤与我家原是一个生产队，他老婆死得早，他与女儿华英相依为命。早先，他们父女住在村子中央一栋土墙房里。土墙房在雨雪里倒了后，我们生产队看他可怜，就安排他们父女住在一间土砖砌的废弃烤烟房里。那烤烟房与我家新建的瓦房相隔不远，在村南的一条水圳边。生产队解体后，他在那年久失修的逼仄烤烟房住了好几年。之后，在一场大雨中，这烤烟房塌了半边，没法再住人了。村里人看他们可怜，就让父女俩搬进了黄氏宗祠。从此，希贤掌管着宗祠的大门钥匙，俨然成了宗祠的主人。之后许多年来，村里人家每有白事，必定在宗祠里大摆酒席，这就自然一定会与希贤联系起来。

当村中病危的老人还躺在床上，尚未咽下最后一口气，希贤已经表情肃穆地来看望了，老到地说："可能过不了今天，要准备了。"从这时开始，希贤的一日三餐就归这户人家管了。他也开始履行他的职权：打开宗祠的各大门，把宗祠大厅及厨房打扫干净，帮着摆好几十张八仙桌子和配套长凳；每餐开饭前，他会及时提一面大铜锣"喤——喤——喤——"一面敲打，一面扯着大嗓门喊"上席了啊！"，兴奋地走遍村里的每个角落；厨房里也必定预留他一个端菜的职位，因为当一场白事办完，孝家一定会备办一份好菜谢厨，除了谢厨好菜，那些剩下的鱼肉饭菜，自然也是希贤所喜爱的。

平常的日子，村里还安排希贤管理村前的两条水圳，保证夏秋两季稻田灌溉之需。因此，每日里，总能看到希贤肩上背一把长柄板锄，沿着两条水圳岸边来回走动，哪里堤岸漏水了，他要挖来泥巴堵上，谁家的稻田灌满水了，他要把水口子断开。那些岁月里，两条水圳总是满满地流淌着碧绿的清水。当稻谷收上岸晾晒干了，希贤便会笑眯眯提着谷箩，挨家挨户按田亩面积称收斤两不等的谷子，那也是希贤的谷廒和米瓮里最为殷实的日子。

华英比我大不了几岁，因为没有母亲，她的衣着形象总是很邋遢，头发乱蓬蓬的，个头也矮小。十几岁的时候，经人做媒，华英嫁给了本村的社平。社平年龄比华英大许多，父母早亡，是个残疾人，一只眼球是灰白的，一条腿肿得像个弹花槌，好在为人忠诚老实，做事也勤快。只是没过两年，华英就突然从村里不见了。有传言说，她是被人拐骗走了。也有人说，她是自愿跟别人走的，远嫁到千里之外，那地方据说只吃苞谷，而且一年难洗两个澡。为此，社平曾闹着向希贤要人。希贤更是反过来把社平骂了个狗血喷头，说他连个老婆都守不住，还有什么用！

希贤一个人住在空荡的宗祠里，很长一段日子，他似乎更悠闲了。吃饭的时候，要是刚好从某家门口路过，他会主动给人家打招呼："吃饭了啊！""吃饭了。"主人家客套地答应着说："进来喝杯冇菜的酒啊。""要得，喝就喝一杯。"希贤便立即停了脚步，满面堆了笑，登堂入席，以至于后来，好多人家看到他打招呼，也故意当作没听到，或者"嗯嗯"几声，敷衍一下。希贤就识相地讪笑着，走开了去。

有好些年，油茶山上滥砍得厉害，村里决定由希贤来守山，抓到上山捡柴砍树的人，就由他来罚款罚谷。这权力有些吓人，而希贤却是十分高兴的，他也不愁没处吃喝了。有人被他抓住了，他会说："今晚卜到你屋里去。"希贤说到做到，当晚饭快要登场的时候，他如约而至。自然，一顿酒饭招待他，是少不了的。要是酒菜好一点，他罚款的数额可能就少一些，甚至是警告一番就算了。然后，醉醺醺地回到宗祠里去睡大觉。

突然有一天，一条新闻在村里传开了：希贤娶一个老婆回来了！说是娶，其实是说得好听了。那中年瞎婆子是邻村长洲头的，长洲头与我们村庄仅一山之隔。她丈夫刚死去不久，留下四个儿女，大的十来岁,小的才几岁,个个穿着褴褛不堪,形同乞丐。这一大家子被希贤领着,来到宗祠里安身立命。于是,原本冷清的宗祠里,又恢复了热闹的人气。只是这么大家子人要养活,已经够希贤受的了,两年后,希贤又老来得子,取名华山。

我参加工作的时候,华山大约已到了上学的年龄,不知他可曾上过学。而希贤除了脸上依然逢人堆笑外,已是齿落发疏,衣褴背驼。不几年,一辈子似乎不曾让人看见有过病痛的希贤,死在了宗祠里。瞎婆子随了她前夫的儿女,又重新回到原先的村子去了。孤零零的华山,尚是小小少年,就随村里人去了广东打工。宗祠从此又关门落锁。

从那时起,我再没见过华山。听村里人说,华山也极少回村。其实,村子对他来说,还有多大的意义?除了山上有他父亲希贤的坟墓,他的家又在哪里?

皮影师

在我的人生阅历中,目睹并保有记忆的皮影戏,只有三次。有意思的是,这三次皮影戏出现在我三个不同的年龄段,童年、青年和中年。

小时候在故乡,我曾看过皮影戏,只是那场面,脑海里已经很是模糊了。单是依稀记得,在村旁的黄氏宗祠,夜晚空旷的中厅坐了很多大人和孩子,面前一张木桌上摆放一个四方的木格子,格子上似乎糊了一层白纸或者白布为屏,仿佛一扇小窗,里面点了一盏油灯。在灯光的映照下，白屏上显现出一个个古装打扮的小人影儿，我们称作鬼崽，这些鬼崽在皮影师的操纵下，举手投足，或做或唱，或跑或打，形神兼备，活灵活现。也正是因为这个缘故，我们通常把皮影戏叫作鬼崽戏，或者影子戏。

故乡周边一带的村庄，其实并无演皮影戏的师傅。偶尔来村里演皮影戏的，都是外乡人。因年纪尚幼，我那时只对白屏上活动着的鬼崽感兴趣，至于皮影师在屏后演唱的故事，敲打的器乐，乃至其年龄长相、姓甚名谁，概不关心。因此，许多年来，我对皮影戏的记忆，总是模模糊糊的。

十九岁那年暑假，我不期又遇上了一次看皮影戏的机会。那时，我正在湖南省建筑学校读中专，暑假里，应高中时的同班好友李外琪邀请，到他家玩耍。外琪那时在郴州师专读大一，他家在樟树乡树头村，距离我的家乡八公分村差不多有百余里。

那天晚上，吃过晚饭之后，外琪说带我去邻村看皮影戏。我一时感到新奇又惊讶，因为于我而言，已经好多年不曾看过皮影戏了。外琪告诉我，那演皮影戏的，是他们本乡本土人，他从小到大，经常看皮影戏。

趁着月色，听着蛙鸣，我们走在去邻村的田间小路上，不时碰上一些村民，都是赶去看皮影戏的。一边走，外琪一边向我讲述关于皮影戏的事情，如数家珍。显然，他对皮影戏的了解，比我多多了。外琪告诉我，他们这里演皮影戏很寻常，村里人家为老人祝寿，常邀请皮影师来唱一晚或两晚的戏。演出的剧目，以《薛仁贵征东》《薛丁山征西》《薛刚反唐》这类历史英雄传奇题材为主。演皮影戏，通常是在晚饭之后，这时村民都有了看戏的闲暇。还有一个讲究，就是在演出之前，皮影师会烧纸焚香，请鬼崇。在皮影师看来，那些原本是牛皮做的小人儿，有了灵魂附体，才会演得更加灵动，出神入化。深夜演出结束后，皮影师还要在村旁某处烧纸焚香，送鬼崇，以示敬重。这样的民俗民风，是如此新奇神秘，是我当时闻所未闻的。

那天晚上的皮影戏，是在村前的一个空坪上演出的。演的剧目我已经忘记了，但观看的人摩肩接踵，如此之多，实在出乎我的意料，让我猛然想起儿时在故乡看露天电影的场面。

我最后一次看皮影戏，并真正与皮影师有了接触和对话，已是十几年前的事情了，其时我是《郴州广播电视报》的记者。

那是二〇〇八年六月的一天，永兴县文化局一位领导打来电话，告诉我当天晚上在县城广场将有一场皮影戏演出，表演者是来自该县边远山区洞口乡的一个皮影戏班子。当天下午，在永兴县城的一家小旅馆，我见到了正在房间里休息的三位皮影师。

陪同我来采访的，是永兴县文化馆陈馆长。他介绍说，目前全县范围内，只有这一个皮影戏班子，为首的是六十六岁的曹汉元，家在青路村石塘组，负责前台表演，他与六十九岁的后台配乐曹习文是同村宗亲。另一位六十五岁的曹岳群，则是杨树村盘头组人。

曹汉元身材高大，身体很硬朗，他与曹岳群是中学的同班同学，因从小就喜欢吹拉弹唱,且有一副好嗓子,年轻时两人同时拜该县著名的皮影戏老艺人李才玉为师,贴身学习两年后,一同出师演出。至于曹习文,则是曹汉元出师三年后在村里带出的徒弟,因嗓音不太好,担任后台配乐。由于皮影戏表演少则两人,多则三人,几十年来,他们或两人或三人,一直是搭档演出。

回顾漫长的表演生涯,曹汉元感慨颇多。他说,二十世纪六七十年代,他们也曾经辉煌过。那时,山区交通闭塞,没有电,也没有什么娱乐活动,山区的村民还比较迷信,谁家有个不吉利的事,比如有人生病了,或者家畜、家禽病了死了,往往以为是冒犯了神灵,主人便烧纸钱许愿:他日老天保佑消了灾,一定唱一场皮影戏。在山民看来,唱一场皮影戏也就花费五六块工钱,加上几餐酒饭,再邀来一两桌亲戚,作为一个农村家庭,一辈子就还一次愿,唱上一场皮影戏,也还是承担得起的。正是有了这么一个适合皮影戏生存的社会环境,曹汉元三人的演出经常是应接不暇,足迹遍及永兴、资兴、安仁三县交界山区的村村寨寨。谈起这些往事,曹习文笑着说:"最忙碌的是我,他们两人都离不开我,有时我刚刚和汉元演出完,岳群又跑来喊我搭档了,最多的时候,我一年中曾演出了三百六十二个晚上。"

二十世纪八十年代以来,农村里电视逐渐普及,农民的文化程度也不断提高,信神许愿这类迷信活动少了,皮影戏也逐渐失去了市场,曹汉元他们三人于是就整合成一个固定的戏班子。即便这样,受邀请演出的日子还是越来越少。"现在一年中演出的时间合起来,最多也就

皮影师

在皮影师看来,那些原本是牛皮做的小人儿,有了灵魂附体,才会演得更加灵动,出神入化。

一个多月，而且主要是在白喜事上凑个热闹。"曹汉元无奈地说。

三位皮影师表示，这么多年一直坚持皮影戏演出，完全是源于对这门古老艺术的热爱。"挑着一担五六十斤重的木箱，走村串巷，有时从早上八点出发，走到太阳落山了，也没有人请，常常发誓这辈子不再唱皮影戏了。可是，一旦有了生意，又高兴地唱了起来。"说完后面一句，健谈的曹汉元又脸面生动，眉目舒展开来。

作为戏班子的主力，曹汉元一直喜爱看中国古典文学，几十年来，他继承和自创的剧目有上百种之多，"能够唱上三个月不重复"。他很想让这些皮影戏剧目流传下去，却苦于一直没有人愿意学。"现在农村里的年轻人都到外面打工去了，而且也嫌唱皮影戏挣不到钱。"

那时他们有一个迫切的愿望，就是收徒。在三位老艺人看来，只要有乐感好、嗓音好、真正爱好皮影戏的年轻人，他们就愿意免费收徒，悉心传授。"我们都这么大年纪了，家里也不愁吃不愁穿，只是不希望把这些皮影戏道具和剧目都带进黄土里去。"

那天晚上，在永兴县城北大桥广场，一场久违的皮影戏又上演了。这里是市民休闲纳凉的地方，观看的人自然不少。对于很多年轻人，尤其是对孩子来说，看这样来自乡村的古老戏剧，更是稀奇。

皮影戏台搭建在广场中央，像一个逼仄的篷布小屋，摆满了各种道具和乐器，里面引来电线，挂了一只白炽灯泡，光线昏黄。三位老艺人坐在里面，演皮影，唱戏文，凑乐器，各就其位。此时正值盛夏，半封闭的小戏台里十分闷热。尤其是坐在台前负责操作皮影道具兼大声唱戏的曹汉元,手舞之,足蹈之,声音洪亮,脸面生动,唱得十分起劲,汗水直淌。

  我台前幕后地走动,拍照,抓拍一个个戏里戏外的细节。在那白屏遮挡的逼仄演出后台,三位皮影师正全身心投入演出,简单的器乐,粗犷的唱腔,从屏幕后橘黄的灯光里透出的灵动传神的皮影,传递给一个个有心或无心驻足的观看者。而近旁,就是火树银花的便江,是车水马龙的街市,喧嚣又浮华。

礼生

故乡向来讲究礼仪，尤其是在红白两喜的庄重场合，专职司礼的人员更不可少，且人数和称谓也各有不同。娶亲、嫁女、祝寿之类红喜事，司礼人员称作主家，一般为两人，所担负的职责，主要包括书写对联，安排贵宾的座席，以及主持接亲、拜堂、拜寿等仪式。比起红喜事，白喜事的礼仪更烦琐，司礼人员通常为八人，统称礼生。

在故乡，能做礼生的人，都堪称村里有名望的文化人。曾有很多

220

年,秋盛、孝勤、孝清、孝余、平和、仁录六人,一直是村中每一堂白喜事不可或缺的礼生。后来孝勤年迈耳聋,贵德替补了上来。这些礼生当中,秋盛爷辈分最大,年龄也最大,他是老学究,平素又擅长讲历史演义故事,口才十分了得,他主持家祭读文时,读腔悲凉,声情并茂,能催人泪下,是公认的"头牌"。孝勤当过生产队会计,有老学问,毛笔字写得好。孝清是我读小学的开蒙老师,知书识礼,为人开朗随和。平和与我家曾居住在同一栋老厅屋,他承父业,一直在故乡一带的村小当老师。孝余、仁录、贵德,则当过多年村干部,仁录还曾是支书。

村中一向做礼生的,还有另一位多才多艺的人,便是如喜。他擅长扎纸花,做油漆,会吹拉弹唱,在老地仙德阳年迈后,他又接班做了地仙,在白喜事上被尊称为白鹤先生。

村中但凡有老人去世,一般在安葬之日的前两天,孝家就会邀请本村的礼生进场布置灵堂。按乡俗,亡人的棺材停放在自家厅屋,灵堂也是设在这里。布置灵堂有三件重要的事情:其一是砍柏树枝,在棺材前搭设屏风和左右仪门,一个大大的"奠"字糊在屏风中间,屏风前放置一张八仙桌,摆上亡人画像及纸香蜡烛和诸般供品;其二是写白纸对联,不仅灵堂内外,而且包括村前的朝门口,办酒席的黄氏宗祠和厨房都要一概贴上,通常要写几十副对子;其三则是扎纸花,扎丧鹅,糊号丧棍,这是如喜的特长。尤其是那丧鹅,做工复杂精细,先要用竹篾编织出高大的骨架形制,再糊上剪纸,一只张翅曲项的白丧鹅,便栩栩如生。扎好的丧鹅,骑在棺盖中央,用绳子固定。经了礼生此番周详布置,肃穆悲凉的氛围就愈发浓了。

接客是在安葬的前一日。中午过后,各地的亲戚吊客陆续到来。礼生们各有分工,有的在村前朝门口迎客,有的在灵堂执事,有的负责登记礼金、安排接待。故乡的风俗,来客一律从朝门口进入村庄,哪怕是本村的亲戚,一旦作为孝家的客人,就必须郑重其事地遵从。当一拨客人来了,朝门口立时便响起迎候的鞭炮声、火铳声、锣鼓声,响彻云霄,孝子披麻戴孝,长跪于地。礼生率一众人等迎于前,接过来客的花圈和祭品,致以问候。为首的来客,也赶紧前趋几步,双手扶起长跪的孝子,劝慰"节哀"。而后,礼生作导,将来客带至灵堂,向亡人行跪拜叩首之礼。乡谚说,"亡人为大",此刻无论辈分高低,年龄长幼,来客皆要行此大礼。礼毕的客人,被请至偏室喝茶,也可自由活动。

所有来客中,以三党最为尊贵,即祖党、母党、妻党,他们分别代表祖母、母亲、妻子的娘家,是每个家庭的血脉己亲。当三党亲戚已到,其他亲戚与吊客也差不多到齐了,此时暮色渐深,礼生通知厨房准备开席,同时安排专门人员到村里打铜锣。听到铜锣声,众客和乡邻络绎来到宗祠,参加宴席。

这场酒宴通常有几十桌。妥当安排各路宾客入席,是礼生的职责。白鹤先生、三党中的长者,礼生需逐一唱名,恭请至主宾席就座,丝毫马虎不得。其他亲戚客人,也要唱名安排。客位安排停当,奏乐鸣炮，方才上菜。在酒宴的过程中，礼生还要数次致辞，向白鹤先生及来宾表示感谢，代孝家表达招待欠周和酒席淡薄的歉意，并引领孝子向各席行拜谢之礼。

家祭在当晚举行。旧时的故乡，家祭行三拜九叩首，自孝子开始，每个主祭者从灵前就位到礼成，要反复跪拜、叩首、匍匐、平身、献香、献帛、献牲、奠酒，仪式繁复。操持这仪式的，自然是分工有序的各位礼生。此外，鸣炮的，鸣金的，吹喇叭奏大乐的，拉二胡奏小乐的，烧纸焚香的，还另有多人。加上众多吊客和围观者，灯火通明的灵堂内外，全都站满了人。我从小耳闻目睹这样的场面，且多次参加乡间葬仪，对这套礼仪自然十分熟悉。读祭文是家祭的一项重要内容，祭文通常由礼生精心撰写，历数亡者几十年来的辛劳和美德。在故乡人看来，这也是亡人在世间享受表彰和悼念的一次哀荣。我的母亲在世时，曾多次对我们姐弟说，以后她去世了，我们也要好好为她写一篇祭文。她说这话时，眼里充满了期待和满足。村里唱读祭文的礼生，通常是秋盛爷，一唱三叹，如诉如泣，令人愁肠寸断，泪眼滂沱。家祭过后，还要客祭，礼生们往往要忙到深更半夜，方得休息。

安葬当日的凌晨，礼生和抬棺的八大金刚就得早早起来，在选定的时辰，举行辞堂仪式。而后，在鞭炮声和锣鼓声中，棺材被众人抬出灵堂，绕行在曲折的村巷里，经朝门而出，最终停放在村前朝门口的两条长凳上。那些花圈、挽联等丧葬品，也一并搬来。

早上的酒宴同昨夜的晚宴一般盛大，宴席上的礼仪也一如既往。

吃过早饭，人们纷纷来到朝门口，两根大龙杠和一应抬棺器具也由八大金刚从宗祠里取了来。礼生和八大金刚的头人祭过龙杠，黑色的棺材就被长长的龙杠从两侧夹住，并牢牢地捆缚在一起。龙杠两端，手臂粗的棕绳上，各套上了两根碗口粗的竹杠，前后四人，由八大金刚抬丧。

吉时已到，启棺发引，顿时，朝门口鞭炮齐鸣，锣鼓震天。披麻戴孝的亲人们，长跪于棺前，且跪且退，一片痛哭之声。八大金刚踩着碎步，抬着摆丧，沉重的棺材在龙杠和绳索的裹挟下，沉浮摇摆，发出"咕叽咕叽"的声音。骑在棺盖上的白丧鹅，频频点头，仿佛向亡者致意。此情此景，便是村中围观之人，也多黯然落泪。记得我年幼时，母亲站在朝门口，目送别人家那送葬的队伍渐渐离了村庄，常泪眼婆娑，两眼红红，不停扯了衣角拭泪，连说话的声音，都带着哽咽。那时，我还不甚明白其故。而多年之后，我终于体会到了这生死离别的人间至痛，同样在母亲站过的这个朝门口，先后送走了我的母亲和父亲。

安葬归来，礼生已将原先贴了白对联的门楣都换上了红对联，并为孝子脱去白孝衣，将亡者的画像请上神台。一番挂红传杯之后，来客陆续离去。而祖党、母党、妻党的贵宾，还将由礼生放了鞭炮，一一礼送出村。

地仙

黄氏宗祠各处高大的门上，都贴着白纸对联，宽阔的中厅摆了几十桌酒席，人声嘈杂，此时，催上席的铜锣声已经在村头巷尾打过一遍，外来的吊客和本村的乡亲正络绎而来。与敞开的中厅南侧门仅一巷之隔的厨房，炒菜下锅的油烟和香气一阵阵飘出。一场盛大的白喜事酒宴即将开始。

炮手站在天井边，他用力吸了几口香烟，左手举着三眼钢管炮的木柄斜向天空，右手从嘴唇间拔下烟头，点燃了炮管上露出的引线。

"砰——砰——砰——"随着三声巨响,人声顿时安静了许多。喇叭声起,二胡如诉。片刻,乐止。为首的礼生,从天井边缘正中央的一席下首站了起来,双手抱拳朝众席一鞠,代表孝家简短致辞,说些"今日是某某老大人荣归之期,孝家经济有限,酒席淡薄,有礼数不周的地方还要请求原谅"之类的客套话,随即便唱名,依次安排上宾和主亲的席位,一众带客的礼生站列一旁,等候示下。

"请——白鹤先生——"

随着主礼生唱歌般长长的一声,一位面善慈祥的老人在众人瞩目下,被带客礼生率先迎到中厅上首正中央一席的上席位。老人入席,站身抱拳,面向主礼生答礼,也说些诸如"今日是黄道吉日,老大人荣归地府,定能保佑子孙发达,万代兴隆"之类的致辞,之后方才坐定。这位老人,就是本村的老地仙德阳,方圆十里有名。几十年来,村里人家的白喜事都是请他做地仙,这个上席位置,非他莫属。

德阳地仙是德字辈,按村里的辈分,他算是辈分小的。但他老人家德高望重,年龄也大,对他的称呼,如果认真起来,倒是个为难的事情,按辈分直呼他的名字肯定不合话,叫他一声爷,于辈分又不妥。因此,村里人平日里称呼他,就含含糊糊叫德阳满满,或者叫德阳满,满满就是叔叔的意思。我的母亲是这么叫他,我还是这么叫他,村里人大多也这么叫他。

在故乡,德阳满是有学问的人,念过旧学的,家里藏有古书,毛笔字也写得好。他会做对子,写神位牌,还会占卜吉凶,取寄名,择吉日，当然更会看地看风水。村里的每户人家，几乎都与他有着千丝万缕的联系。而每个去求他的人，他都会笑容满面地愉快答应。因此，年复一年，许多人家的神台，都贴有他老人家用红纸写的家神牌，而村前老井边的柏树、村旁雷打石的悬崖，则经常贴有他给各家孩子题写的寄名帖。

我很小的时候，就听母亲说，德阳满家里特干净，不但地上一尘不染，家什光光亮亮，而且他老婆每天连灶台都要用抹布擦几遍，甚至木楼梯上有灰尘也要用刷子刷干净。母亲略带些惋惜又警醒的意味说，一个家太干净了其实并不好，把什么东西都擦得干干净净，连后人也会擦掉，德阳满没有儿子，就是家里太干净了。不过，关于德阳满没有儿子的事，村里人也有另外的说法，说是看地看风水的人，能预知祸福，既能让人家运兴旺，也能让人家道败落，全凭心地善恶，因此就会损及自己的子孙后代，越是好手，越是无后。有人甚至绘声绘色地说，地仙收徒的时候，会猛然问一句："你看看后面来了人没有？"那人若是反过身看到后面来了人，说"有人"，就不会收他了；若是说"后面没人"，才会收下做徒，而这人以后不论是否娶妻，也不会有儿子传宗接代了。这样的话，无疑让人听后很是害怕，可能正是因为这个缘故，我们村里似乎并没有人跟德阳满学地仙。

也经常有外村人来请德阳满去看地，一去就是好几天。德阳满回村后，在村前的朝门口便会聚拢很多人来，听他讲外面的故事，说某某村客情实在好，对他如何如何尊敬，酒席也很体面，上的是墨鱼席，都是整鸡整鱼大肘子，全部是好菜，不带一点小菜，孝家也很尽孝道，做了几天道场，请和尚念了经，还倒了血盆。然后又讲到他选的阴地是什么龙形，龙脉好，今后那家的后人还要出角色，当大官大员，等等等等。听者莫不连连惊叹！

德阳满是如此神秘，尽管他面目言语和善，但我在童年时代，对他一向是敬而远之。他家住的地方，我也极少涉足，偶尔从他家门口经过，也是一阵飞跑，心怀忐忑。我真正走进他的家门，是在上高中时的一个暑假。那天我在家里厅屋练写毛笔字，德阳满恰好路过，便笑眯眯进来看，一面点头赞许，一面说，字无百日功，只要每天坚持写，一百天工夫就能写好。然后又说练字要先从楷书练起，他家里有一本黄自元的字帖，我可以拿来照着练习。那天我跟着他来到了他家里，他找出了字帖给我，又跟我聊了很久的闲天。在他家里，我看到了他订阅的报纸和杂志，他说每年都要订阅，能够学到很多新知识。在我们这个偏远的村子，竟然还有人自己订阅报刊，而且还是年迈的他，这让我很是惊讶！德阳满翻开一本《农村百事通》杂志，那里面有他的名字，被评为热心读者，为此他显得非常开心。

高中毕业后，我离家乡更远了，后来在外面参加了工作，见到德阳满的机会就少了很多。我女儿生下后，有段时间总爱哭闹，我母亲说要寄名。按照乡俗，我带着女儿回到村里，找到德阳满，取了花名"柏嘉"，写了一张红纸寄名帖，贴在老井边的柏树上。这个时候，德阳满已经是齿缺口瘪，但依然精神矍铄，笑脸和善。

228

二〇〇一年农历三月二十三,我母亲去世,请德阳满做地仙,其时他已是八十多岁的高龄。给母亲看地的那天,我和我的老父亲,还有几个亲人,陪同德阳满来到山上。这山是我家的油茶山,与我们村庄就一江之隔。我母亲生前曾留下遗言,死后要葬在我们自家的油茶山上,这样就能随时看到我们家的瓦房,我们日后给她扫墓也近。在山上的一处当阳坡,德阳满说,这地方不错,山脚是江湾,朝向远,又开阔。他拿出一面铜镜般的罗盘放在地面上,不断地调整方位,罗盘指针最后定在西南方向的一个刻度。德阳满笑着说,这个方位朝山远,正对着视野尽头的笔架山,日后子孙发达,多出秀才。父亲很高兴,说将来他去世后,也要安葬在这里,陪在母亲身旁。德阳满随即拿一根线和一把尺子,沿着罗盘指针,定下了母亲阴宅的中轴线,且在上下两端,各打下一个桃木桩。随即,他吩咐我在他刚才放罗盘的地方,用镢头挖出一团泥土。在故乡,这团泥土俗称开山泥,是阴宅最中央的泥土。要等日后安葬了母亲,封土圆坟时,最后再由我重新把这团开山泥放在坟堆顶上。

四年后,父亲去世,我再欲去请德阳满做地仙时,村里的礼生说,现在村里的白喜事已经不请他了,原因是他年龄太大,怕有个闪失。村里有了新的地仙,是如喜。如喜我是清楚的,他是聋爷爷的独子,我小的时候,他已是一表人才的青年,又擅长扎纸花,不知何故,就是一直没有娶妻,但从未听说他学过做地仙的事情。不过,既然村里人已经认定他能做地仙,也只能尊重乡俗。于是,在宗祠中厅里,当

礼生再度开腔:

"请——白鹤先生——"

被迎上最尊贵席位的,已是年逾半百的如喜地仙。

几年后,德阳满去世,享上寿九十余岁,为他择地的是如喜地仙。

开圹人

故乡的风俗，当村中有老人去世，孝家就会请来本村的地仙德阳老先生，由他来精心选择葬地。择地的当天，逝者的几名后人与其他亲属，拿着镰刀，扛着镰刮，带了纸、香、蜡烛、鞭炮、桃木桩诸物品，陪同德阳地仙到村庄周边的山岭看风水。当德阳地仙最终架好罗盘，调整朝向，择定了安葬之地，同行的人随即拉了线，在上下两端各打下一根桃木桩，烧纸，焚香，放鞭炮，祭奠山神。然后，由孝子拿了镢头，在择定的地方，逢中挖取一团泥土，放置在附近的某处树下，留下标记。这一团泥土，叫开山泥。日后，要等棺材下葬，并掩土圆了坟堆，再把那一团开山泥重新取来，覆盖在新坟之上。

葬地择定后，在另行选定的吉日吉时，开挖墓穴，俗称开圹，也叫凿井，说得更直白一点，就叫挖眼。积习所致，大凡村中的白事，开圹的人，多是安排三四个做事厚道的单身汉。一口圹井，一般挖一棺半深，在土质好的山岭，一天时间即可挖成。若是山土多含砂石，则往往要挖两三天。为示对开圹人的敬意，在动工之时，孝家会给每个开圹人一个红包。开圹的那几天，他们每餐的酒饭，也会比其他的酒席多上两个好菜，定然是大鱼大肉。

我的印象中，历年来，村里的举德、云才、贱德、国棋……就多次开过圹。举德和云才没读过什么书，忠诚老实；贱德是个耳聋人；国棋是个哑巴。他们都是打了一辈子单身的人。这一长串开圹人的名单里，也包括了老高中生仁和哥。

仁和哥住在村子的最前面，出门就能看到一口大池塘，池塘岸边，那时我着他家的几棵老枣树。小时候，我们伴附近的男孩女孩，最爱在他家门口边的青石板上玩。有时玩一种单腿跳井字屋的游戏，有时踢田螺壳串，要不就踢鸡毛铜钱毽子，或者用粉石画了棋盘下皇帝棋。夏秋的夜晚，我们常会端来饭碗，坐在他屋旁的青石条上，一面碗筷叮当地吃饭，一面数天上密密麻麻的星星。这里没有遮挡，处于风口，风自来去，十分凉快。这个时候，仁和哥也会拿出一条矮凳，坐在他家门口的石板上吃饭，或者给我们讲一些妖魔鬼怪的神话故事。

曾多次听我母亲说，我在孩提吸奶的时候，长得胖乎乎，招人喜爱，那时正值少年的仁和哥最喜欢抱我。这话我从仁和哥的口中，也得到过证实。他说，他是看着我一点一点长大的。我的印象中，仁和哥总是一脸和善的笑容，衣服干净整洁，从不曾看他发过脾气。我母亲说，仁和哥是村里的老高中生，有很深的文化，当然脾气好。此话确实不假。比如说，有时我和小伙伴爬上他家枣树，偷摘枣子，或者拿竹篙子打枣，仁和哥发现了，并不像别人那样拿小树枝驱赶我们。他会说："快下来，别摔着了，别掉进塘里了。"有时，他甚至还会举起双手，把我们抱下树来。

仁和哥早年丧父，自我记事起，他家就三口人：他，他母亲和他妹妹。有段时间，年轻的仁和哥走桃花运，来他家的媒婆不断，还有女子亲自上门来查看他家境的，都对他很是满意。我的母亲也替他高兴，常说，哪个姑娘嫁给仁和，那真是有福气！可是，仁和哥似乎不想娶亲，或者是有别的什么原因，反正最终没一个姑娘嫁入他的家门。因为这事，他的母亲常跟我母亲念叨："这个仁和蠢崽子啊，给他说门亲事，他就拿着本书不放，说不讨亲。你说急了，他就顶人，说要讨你讨！你说急人不急人啊？"

几年后，仁和哥的妹妹也嫁人生孩子了，仁和哥还是没有讨妇娘（方言，老婆）。而往日给仁和哥做媒的人，似乎也销了踪迹。日子就这样平静地溜走，仁和哥在劳作之余，依然穿得整整洁洁，爱拿一条矮凳坐在门口的石板上，吃饭、看书或给小孩子讲故事。他的母亲却没有他这么镇静，时常在背后扯衣角抹泪。

我高中毕业后，考上了中专，来到离家几百里的湘潭上学。那两年，仁和哥好像是村里第一个买手摇电打鱼机的人。假期的时候，我回到村里，就经常看见他胸前挂一个小木箱子，腰间系一只鱼篓，手持连通了电线的长竿小捞网，穿一双长筒水鞋，在田野、江边摇着打鱼机打泥鳅鱼虾，收获颇丰。他母亲是个信佛的人，不吃荤腥，他的这些泥鳅鱼虾就成了村里人来客时购买的好菜。在本村卖不完的，他就在赶圩的日子，用桶子装了，挑到圩场去卖掉。于是，他的身边一般总有点闲钱。我在学校缺生活费时，我母亲为了救急，常临时从仁和哥那里去借十块二十块的。

有一年过年的时候，我在村口碰见仁和哥，那时我已参加工作。我们握握手后，我贺好话说："仁和哥，祝你今年讨个好姑娘！"仁和哥苦笑了一下，说："这话不说了，唉！水过八丘了。以前村里人也还年年贺我讨个姑娘，现在都是贺我身体健康了，不提了。"

之后又过了多年，二〇〇一年暮春，我母亲去世的时候，负责祭仪的礼生秋盛爷安排办丧事的人手，要仁和与另三个男子去山上开挖墓穴。"仁和哥？"见我吃惊，秋盛爷解释说，近年来村里有白喜事，都是请仁和他们四个人去干这份差事，他们是老单身汉，有后人的人不愿干这个活的。我来到仁和哥家里，他依然还是住在几十年前居住的青砖黑瓦的老宅子里。当我说明来意，仁和哥微笑着，满口应承了下来。

　　母亲的圹穴位于我家油茶山的一处坡上,这是一片红壤山岭,多夹杂着砂石。开圹的那天,吃过早饭后,仁和哥和他的三个同伴,扛着镢头和铁锹,来到山上,按照地仙标定好的位置,化纸焚香敬过土地神后,就动土了。不到两天时间,圹穴就开好了。看着他们满身尘土从山上下来,回到村中,我深怀感激!

　　如今,仁和哥又苍老了很多,满面皱纹,齿落口缺,头发稀疏。我偶尔回村,他依然那么和善地笑着跟我打招呼。他的长寿母亲也还在,白发苍苍,怕有九十多岁了吧,多数时候是躺在床上,神志已不太清楚。仁和哥一辈子尽心服侍母亲,是故乡少有的孝子,只是命运弄人,谁说得清楚呢?

　　有一天下午,我路过他家的时候,看见他母子二人在门口的青石板上,各坐一条矮凳,望着远山静默无语,夕阳的余晖里,仿佛两尊雕像。

仙娘婆

故乡青砖黑瓦的民居,俗称厅屋。厅屋规模有大小之别,大的厅屋,里面带有天井,住户也多。每栋厅屋,正大门所对的后壁中央,镶嵌着神台。木质的神台方正宽大,镂刻着寓意吉祥的繁复花纹。神台上供奉着祖先的牌位及一些木雕小菩萨,是一个庄严的所在。一年中,遇着节庆,各户的家主都会在神台前烧纸焚香,双手端着供品举过前额,虔诚敬献。在以前乡人的眼中,神台是人神交流的地方,逝去的先人,他们的灵魂上了神台,享受着后辈的香火,成了家神。活在世间的后辈，在神台前祭奠家神，祈请他们保佑。

只是人神之间，毕竟阴阳两隔。先人在阴间过得好不好？他们在守护阳间的子孙后代吗？诸如此类的疑问，常存人心之间。尤其是那些日子过得不顺，甚至发生了不测之事的人家，按照乡俗，更是想向家神问个信息，看他们于冥冥之中是否还在竭力保佑这个家庭。难怪乡谚说："穷算八字富看相，背时倒运问仙娘。"

在乡间，仙娘婆也叫魂婆，被当时的乡人认为是能沟通阴阳两界的人。与算八字看相不同，仙娘婆无须拜师学艺，按迷信的说法，据说往往是一个运气不好的中老年妇人，某一天在乡野间突然被鬼神附体，自此以后，这些鬼神总是跟随着她，常借了她的口，说出些神神道道的话，行事举动也与往常不同，令周边原本熟悉她的人大为惊异，这个人便成了仙娘婆。附体于仙娘婆的鬼神，俗称相公，一个仙娘婆，往往有几个相公跟着。村人认为，相公还能受仙娘婆的差使，在阴间找到其他亡灵。相公越多，仙娘婆越灵验，声名远播，就有很多人不惜赶远路来问仙娘，也叫问魂，欲与亡亲对话。每年清明节和七月半，是民间祭奠先人的节日，这期间问魂的人尤其多。

在我童年和少年时代，乡间问魂的风气还很浓。那时，我们村里有一个名叫土婆的外嫁女，便是仙娘婆。其时她已是五六十岁的老妪，在我们村已无骨肉至亲。村中有人想问魂，往往就会托人给她捎去口信。而后，她在某一个日子，走二十多里山路，来到我们村庄，她的娘家。

237

追溯起来，土婆与孝文家算是近亲了，每次回村，她总落脚在孝文家里，也算是走亲戚。在我儿时的记忆中，土婆脸大身矮，与她同来的她的女儿却身材高大，那时还是个大姑娘，是专门陪同她来的。土婆回到家乡，往往会住上一段日子，村中那些上了年纪的妇女，就会专门来找她问魂。孝文家所在的老厅屋，那段时间人来人往，十分热闹。有时候，土婆也会被邀请到村中别的人家去。在我家所在的那栋带天井的老厅屋里，我就曾看过她问魂的场面。

土婆问魂一般是坐在厅屋里，闻讯而至的村人，不分男女老幼，会将厅屋挤得满满当当，就像看戏一样，将她围在中央。土婆头上戴了块黑帕子，她点了香，化过纸，坐于桌旁，起初还跟常人无异。只见她打了几个哈欠，精神便萎靡了下去，面色黯淡，神志变得懵懂恍惚起来，一面唱道："张相公、李相公、王相公，上桥来……"她眼睛半睁半闭，双手止不住地拍打大腿，发出"噼里啪啦"响声。人群顿时安静了下来，大家都目不转睛地瞪着她。也有人发出小声议论，"土婆下阴了""相公坐马来了"……猛然，土婆停住了拍打，或高兴而笑，或悲伤似哭，报出了一个亡人的名字，声音情态竟然一如那亡人当日在世的模样，令人一惊。

这时，土婆已然不是土婆，而是亡魂了，围观的人，都可以与其对话，向她询问。有人想考验一下亡魂，就说，你既然是某人，那你看一下，这里面哪个是你的亲人？土婆微微睁开眼，扫视一圈，从桌上折了一截香火棍，对着当中某个人打了过去。打中了，人们心里暗

238

暗称奇；打错了，众人便七嘴八舌地说："错了，错了，再查清一下。"除了让亡魂当场指认亲人外，大家还会盘问亡魂有几个儿女子孙，几个男的，几个女的？……经了这么一番仔细辨认，最终，阴阳至亲相认，坐到一起来。

问讯者往往是妇女，尤其是上了年岁的人，她此刻的身份或是媳妇，或是女儿，或是亡人的妻子。她会关切地问亡亲，在阴间有没有钱用？安葬的地方好不好？坟墓有漏水吗？家里新近发生的事情知道吗？……亡亲会一一告诉她，安慰她，叮嘱她。相互间一问一答，常常说得泪眼婆娑。有的人，甚至拉着仙娘婆的手，直接叫爹称娘，其情切切，令人动容。一场"人鬼"对话，尽管难舍难分，最终还是要分离。末了，亡魂交代一番，说："我要走了。"一声口哨吹过，几个哈欠下来，土婆如大梦醒来，又恢复了常态。那刚才问讯的妇女，还沉浸在浓浓的感伤里。

以前，土婆问魂在我们村庄周边是深受欢迎的，毕竟，人人都有一份好奇心，都有一份对亡亲的怀念，以及对未来日子的期许和隐忧。很多妇女为了问魂，会一会亡亲，专程从附近的村子赶来。问过魂的人，会给土婆一点钱米作为酬劳，名义则是给相公的马粮。据说，问魂时，那阴间的相公是骑着马去各处把亡魂找来的，十分辛苦。这个时候，站在土婆身旁的她的女儿，就会收下钱米。

土婆在我们村里问魂，有的人说很灵，说她每次都能说出亡人的名字，有些事情也说得准，有板有眼。也有人质疑，说土婆毕竟是我们村里出生长大的人，她头脑聪明，又经常在村里走动，对从前的那些老人和旧事，还是记得清楚的，当然就说得准。也有人说，土婆问魂实在也是一门好手艺，每次到村里来，回去时都要带去不少钱和米。

不过，有一回，土婆在我家老厅屋里问魂时，闹出了一个笑话。那次，她同往常一样，给几个人问了魂后，又报出了一个名字。只是让众人惊讶的是，这个人竟然还活着。大家嘻嘻哈哈地说笑，土婆连连为自己辩解："今天问了几个魂了，相公累了，不灵了，明天再问了。"便匆匆收了场。

土婆去世后，就没有仙娘婆来我们村里了。其实，仙娘婆极少有像算命先生那样四处走动的，一般都是待在自家，无人问魂时，她便是乡村里一个普通农妇，洗衣做饭，扯猪草，喂猪，做田土里的农活，一样不落。不过，总有一些心怀隐忧和思念的人，慕着名声，不惜翻山越岭，远道而来。

所谓仙娘婆知天知地，能沟通阴阳两界，自然是封建迷信。不过对于那时的乡人而言，问魂，的确是一种寄寓哀思、抚慰今人、度过困厄的有效方式。

图书在版编目（CIP）数据

庄稼人/黄孝纪著.—南宁：广西人民出版社，2024.7
（中国乡存丛书）
ISBN 978-7-219-11728-6

Ⅰ.①庄… Ⅱ.①黄… Ⅲ.①散文集—中国—当代 Ⅳ.①I267

中国国家版本馆 CIP 数据核字（2024）第 030623 号

ZHUANGJIAREN

庄稼人

黄孝纪　著

策　　划	白竹林
执行策划	吴小龙
责任编辑	许晓琰
助理编辑	张　洁
责任校对	周月华
装帧设计	刘　凛
插　　画	呱呱工作室

出版发行	广西人民出版社
社　　址	广西南宁市桂春路 6 号
邮　　编	530021
印　　刷	广西民族印刷包装集团有限公司
开　　本	889 mm×1230 mm　1/32
印　　张	8.25
字　　数	182 千字
版　　次	2024 年 7 月　第 1 版
印　　次	2024 年 7 月　第 1 次印刷
书　　号	ISBN 978-7-219-11728-6
定　　价	52.80 元

版权所有　翻印必究

微信扫码

漫步黄孝纪的散文世界

走近作者
阅读知名记者的深度专访，了解作家黄孝纪的文学创作历程。

媒体访谈
听品味书香节目音频，看书籍推荐视频。

好书推荐
作者同类好书推荐，精彩一触即达。

读书评论
看精彩书评文章，感受散文的独特魅力。

· 遇见记忆中的乡土 　重拾失落的美好 ·